LE MASQUE
Collection de romans d'aventures
créée par
ALBERT PIGASSE

Aime le Maudit

Auteur de romans très variés, allant des intrigues les plus diaboliques aux extravagances les plus folles de Luj Inferman, Pierre Siniac débute dans l'écriture en 1958. Il a obtenu le *Grand Prix de Littérature Policière 1981* pour « Aime le Maudit » et pour deux recueils de nouvelles. Aussi à l'aise dans le roman que dans la nouvelle, son univers demeure résolument à part dans la littérature policière. Il a disparu en 2002.

DU MÊME AUTEUR DANS LE MASQUE :

Des amis dans la police
Sombres soirées chez madame Glauque
Mystère en coup de vent

Pierre Siniac

Aime le Maudit

1981

LIBRAIRIE DES CHAMPS-ÉLYSÉES

Ce roman a paru sous le titre :

VAMPIR'S CLUB

PETITE NOMENCLATURE
CRIMINELLE

à l'usage du lecteur peu au fait des choses du sang et à qui nous présentons, ci-après, quelques grandes figures criminelles, réelles ou romanesques, ayant défrayé la chronique judiciaire ou littéraire de 1840 environ à nos jours.

GILLES DE RAIS – Seigneur du pays de Retz (actuel pays nantais) qui enlevait, égorgeait, éventrait, décapitait les enfants de ses paysans en vue de recueillir leur sang destiné à la recherche de la pierre philosophale. Inspira à Charles Perrault le personnage de Barbe-Bleue.

TROPPMANN (Jean-Baptiste) – Assassina dans un dessein crapuleux – égorgea et poignarda –, peu après la guerre de 70, dans la sinistre et désertique plaine de Pantin, une famille de sept personnes. Ses méfaits sanglants furent à l'origine de complaintes jouées longtemps, en particulier dans les foires, à la viole ou à l'orgue de Barbarie. Troppmann, pour se défendre, chercha à se faire passer pour un espion prussien. Il fut guillotiné en plein hiver, par un froid de canard, et, le cou dans la lunette fatale, il mordit le doigt d'un aide de Monsieur de Paris. Victorien Sardou et Tourgueniev, après un souper fin, assistèrent à son exécution. Jeune homme d'origine alsacienne.

JACK L'EVENTREUR – Monstre criminel anglais. Dans la seconde moitié du siècle dernier, éventra dans les rues de Londres, plongées dans le brouillard, bon nombre de prostituées. Ne fut jamais démasqué.

MADAME LAFARGE – Née Marie Capelle, descendante en ligne directe de l'enfant naturel d'un prince d'Orléans. Epousa un riche industriel corrézien, Charles Pouch-Lafarge, et l'empoisonna avec de l'arsenic.

LE VAMPIRE DE DUSSELDORF – Sadique allemand qui, dans les années trente, assassina un certain nombre d'enfants et de jeunes femmes à Düsseldorf (Prusse Rhénane). Inspira à Fritz Lang un film policier : *M. le Maudit.* Par ses crimes terrifiants, le Vampire de Düsseldorf annonça la grande peste brune nazie.

LANDRU – Surnommé « le Sire de Gambais ». Modeste petit escroc barbu, galant avec les dames et brillant causeur qui, au moyen de petites annonces matrimoniales, attirait dans sa propriété de Gambais (S.-et-O.) de riches demoiselles ou des veuves fortunées pour les tuer, les dépouiller de leurs économies et les faire disparaître en les coupant en morceaux et en faisant brûler ceux-ci dans sa cuisinière. Son histoire n'est d'ailleurs ni moins abracadabrante ni plus pausible que celle de n'importe quel personnage du récit qui suit. Fut trahi par des fumées épaisses et malodorantes et dénoncé par des voisins malveillants et sans doute envieux. Fut défendu devant les assises de Versailles (les plus féroces de France) par Me de Moro-Giafferi. N'avoua jamais et fut guillotiné en février 1921 sans que la moindre preuve ait été retenue contre lui. Assassin bien-de-chez-nous que d'aucuns trouvèrent fort sympathique. Inspira un film à Claude Chabrol.

LACENAIRE (Pierre-François) – Surnommé *Monsieur* Lacenaire. Poète anarchisant. Ecrivain public. Assassin d'encaisseurs et d'aristocrates. Fut guillotiné vers le milieu du siècle dernier. Laissa à la postérité de remarquables poèmes. Fit une saisissante apparition à l'écran sous les traits de l'acteur Marcel Herrand, dans le film de Prévert et Carné, *les Enfants du Paradis.*

HITLER (Adolf) – Suffisamment connu.

RAVACHOL – Anarchiste célèbre, style 1894. Maniaque de la bombe. Assassin de plusieurs personnes.

BONNOT – Chef de bande. Opérait en automobile De Dion-Bouton. Tuait les agents de police et, ayant déclaré la guerre à la société, dévalisait les banques. Précurseur du hold-up. Traqué dans une villa de la région parisienne par la troupe et d'importantes forces de police, il refusa de se rendre. On fit sauter son repaire à la dynamite et il fut abattu par le chef de la Sûreté, Xavier Guichard. Cela se passait le 28 avril 1912. A l'occasion de cet événement, Galtier-Boissière déclara : « C'est la première victoire de l'armée française depuis Sedan. »

RASKOLNIKOV – Assassin d'une logeuse. Célèbre personnage de Dostoïevski.

DOCTEUR PETIOT – Sinistre « passeur » d'hommes, durant la Seconde Guerre mondiale (1939-1945). Assassinait ses « clients » et faisait disparaître leurs cadavres dans un bac d'acide ou dans de la chaux vive.

DOCTEUR MABUSE – Héros criminel de films de Fritz Lang.

WEIDMANN – Gangster allemand, assassin de plusieurs personnes vers 1938. Fut le dernier condamné à mort à être guillotiné en public. Très bel homme. Des femmes amoureuses de lui et ayant assisté à sa décapitation à Versailles, en juin 39, trempèrent leur mouchoir dans le sang sorti à larges flots du beau tueur coupé en deux.

ETC...

1

Octobre 1940

SOIRÉE CHEZ LA PETITE-FILLE DE DRACULA

Madame Lafarge considéra le nouveau venu avec perplexité, se malaxa le menton pour se remettre aussitôt à bourrer sa pipe en écume, puis rajusta son nœud papillon et, enfin, selon une habitude fâcheuse, tripota sa braguette. Après ces innocents attouchements, Madame Lafarge consenti à mettre le feu à son belge. Une fumée âcre et épaisse s'éleva dans le salon Louis XIV où les clubmen étaient réunis.

Madame Lafarge rit :

– Ça y est, les enfants! J'ai trouvé!

Jean-Baptiste Troppmann délaissa sa grille de mots croisés, abandonnant à regret la recherche du trois horizontal – neuf lettres, la seconde étant un M et la septième un N – : *Se trouvait au bout du doigt d'un assassin bien avant la perpétration de son crime et a donné son nom à une célèbre collection de romans criminels.*

Jack l'Eventreur froissa dans sa grosse main

velue la page d'un calepin sur laquelle s'étalait un dessin pornographique osé pour l'époque. (1940).

Landru suspendit sa réussite – qui ne réussissait jamais, comme sa vie sentimentale – et brouilla les cartes d'un geste découragé.

Le Vampire de Düsseldorf claqua son cahier d'écolier à couverture marron, immédiatement après avoir tracé au crayon bleu un zéro rageur sur la dernière page d'un devoir.

Lacenaire, le poète, renonça à la trouvaille d'un mot rimant avec escalope.

La petite-fille de Dracula bâilla, tapota son chignon roux et rectifia la position d'une broche ornant son corsage généreusement gonflé.

Tous s'entre-regardèrent puis posèrent leurs yeux sur Madame Lafarge.

Quant à l'invité, il conserva sa mine ennuyée, timide, trop polie, et laissa ses fesses sur le rebord de son siège.

– Alors comme ça, vous êtes peintre? lui demanda le fumeur de belge.

– En bâtiment, oui monsieur.

– Appelez-moi Madame Lafarge, comme tout le monde.

– Bien, monsieur... Euh... Madame Lafarge. Oui, monsieur Madame Lafarge.

– Madame suffira. Nous avons donc dit peintre... Voyons... Hé! que diriez-vous d'Adolf Hitler? Je crois qu'il est le seul assassin connu ayant exercé cette profession au demeurant très honorable.

Un murmure d'enthousiasme poli fusa dans

le salon. Visiblement, le nouveau venu ne savait qu'en dire.

Les monstres jubilaient. Depuis son admission au club en date du 18 juin 1919 – il y avait de cela vingt et un ans –, jour où il avait été convié à occuper le fauteuil laissé vacant par Néron, Madame Lafarge faisait merveille pour gratifier d'un surnom chaque nouveau membre du club dès l'arrivée de celui-ci. C'était lui qui avait proposé Landru à un placier en appareils de chauffage, Lacenaire à un rimailleur, le Vampire de Düsseldorf à un homme qui, de par sa profession d'instituteur, s'occupait d'enfants...

– Hitler n'est pas un assassin comme les autres, objecta cependant Monsieur Lacenaire. Et puis, il n'est pas assez connu (1). Il débute, si vous préférez...

– Vous voulez dire que ce n'est *qu'un* assassin politique? demanda Madame Lafarge.

– Oui, dit Lacenaire en faisant une moue qui exprimait tout le mépris ressenti par les « droits communs » pour les « politiques ».

– En entrant dans cette honorable maison, rappela l'homme à la pipe en écume, j'eus l'honneur de remplacer un certain Néron... De plus, si je connais bien l'historique de ce club, nous avons eu, entre ces murs, Casério, Jacques Clément et Ravaillac... En ce cas, pourquoi pas Hitler?

– Cela fait beaucoup trop de gens pour la politique! protesta de nouveau Lacenaire. Les

(1) Nous sommes en 1940.

politiciens – les apparences sont trompeuses, vous savez! – n'ont tout de même pas le monopole *intégral* du crime, nom de nom!

– Mon cher Lacenaire, intervint Madame Lafarge, je comprends très bien vos scrupules. Ils vous honorent. Mais, notre ami étant peintre en bâtiment, convenez que... N'avions-nous pas décidé de donner à chaque membre de cette association à but non lucratif régie par la loi du 1er juillet 1901 le nom d'un assassin célèbre dont il eût affiché quelque ressemblance, par les manies, la profession? Ainsi vous, mon cher Lacenaire, êtes écrivain, membre adhérent de la Société des gens de lettres de France... Notre ami Troppmann est d'origine alsacienne, tout comme son illustre modèle. Jack l'Eventreur est boucher, et votre serviteur est pharmacien... C'est pourquoi j'ai pensé que, notre nouvel ami étant peintre en bâtiment...

– Eh bien, Adolf Hitler adopté! lança la petite-fille de Dracula, que toutes ces formalités ennuyaient. Prenez place à notre table, cher ami, et détendez-vous...

Adolf Hitler, toujours intimidé, s'approcha de la « sainte » table et caressa d'un doigt le sous-main verdâtre placé devant lui. Désormais, il était admis aux soirées de la petite-fille du Vampire.

– Ordre du jour? questionna la jeune femme, l'air blasé.

– Une nouvelle méthode de strangulation, minauda le Vampire de Düsseldorf en ouvrant un second cahier d'écolier – rose, celui-ci – sur les pages duquel on pouvait voir étalée sa minuscule écriture à l'encre violette.

– Pas la thug, j'espère! ronchonna Jack l'Eventreur qui attaquait déjà un dessin pornographique osé pour 1940 sur une page de son carnet.

– Non... Une méthode périgourdine. Vous allez apprécier.

Les têtes se penchèrent sur les mains blêmes du petit Vampire à la voix de fausset. Un étui étincela, éclata dans la paume de Lacenaire, présenté au nouvel adhérent :

– Cigarette, cher ami?

– Non, merci, fit Adolf Hitler, l'air contrit. Tout comme l'Autrichien, je ne fume pas.

Chacun semblait détendu. Le Vampire de Düsseldorf déchiffrait avec application dans son cahier les données de l'étranglement périgourdin, mais nul ne prêtait grande attention à ses explications laborieuses. On papotait crime, sous le regard bienveillant et protecteur du Vampire, dont le faciès hilare, entouré d'une barbe frisée, s'étalait dans un agrandissement daguerréotype placé sur le rebord de la cheminée.

– Et ce poinçonneur du métro, coupé en morceaux, où était-ce, avez-vous dit?

– A Paris, voyons. Station Dugommier. Où avez-vous vu un métro français autre part? Ça ne s'est sûrement pas passé à Montluçon!

– Il aurait pu se trouver en vacances... Voyager... Je ne sais pas, moi...

– Voyager! Un poinçonneur! Décidément, mon pauvre Troppmann, vous n'avez pas un sou d'imagination!

– Un bien joli crime...
– Du beau travail, c'est indubitable.
– Et... l'auteur?
– Jusqu'à présent, un seul suspect : son gendre, tueur à la Villette.
– On ne peut pas s'occuper de tous les crimes... Un peu de porto?
– Chacun sa sphère d'influence. Que les autres villes fassent comme nous, s'organisent... Un doigt, s'il vous plaît.
– Ah! si ce pauvre Gilles était encore là...
Madame Lafarge expliqua au nouveau :
– Gilles, c'était Gilles de Rais. C'est lui que vous remplacez. Il nous a quittés il y a peu de temps, pour vous laisser la place. Vous occupez son fauteuil, autrement dit.
Le nouveau se contenta de caresser stupidement les accoudoirs de son siège, en les regardant d'un air effrayé.
– Un très brave garçon.
– Pas méchant...
– Exécuté hier matin dans la cour de la prison d'Angoulême.
– C'est égal, soupira Lacenaire, il aura tout de même eu de beaux jours!
– Vous voulez dire de belles années.
– Il aurait pu être appelé à tuer beaucoup plus tôt. Il a eu une existence heureuse, avant son malheur...
– Grâce au club! rappela la Secrétaire-Présidente perpétuelle, Dracula petite-fille. Grâce au Vampire! Au sein de notre petite société, nos amis n'ont pas le temps de penser au crime *qu'ils devront commettre un jour.* Nous ne leur

laissons pas le temps de se torturer inutilement l'esprit, d'avoir des remords *d'avance...* Nous les prenons en charge pour en faire, sans qu'ils y prennent même garde, sans qu'ils s'en effraient, des assassins d'un jour...

– Paix au Vampire! clamèrent deux ou trois membres, qui avaient un peu bu.

– Si je vous suis bien, commença Adolf Hitler en avalant sa salive, nous sommes tous, ici, appelés à être guillotinés un jour?

– Eh oui! soupira Madame Lafarge. Ou à moisir en maison centrale jusqu'à notre mort, ce qui est infiniment moins élégant.

– Nous sommes tous des assassins, alors?

– Vous voulez dire que nous *serons* tous des assassins, rectifia « l'empoisonneuse » à la pipe.

– Evidemment... Et... en attendant?...

– Nous nous réunissons de temps à autre, dans cette maison.

– Chacun de nous occupe un fauteuil numéro tant, expliqua avec patience la Secrétaire-Présidente. En qualité de dernier entré, mon cher Hitler, vous occupez le numéro 7. Le départ forcé de Gilles de Rais, qui occupait le numéro 1, a mis en branle le décalage traditionnel. Le 2 est passé au 1, le 3 au 2, etc. En fin de liste, le 7 a pris place sur le 6. Et le nouveau venu s'assied sur le 7. Il s'agit de vous, bien cher Hitler. Hier encore, Lacenaire occupait ce siège. Mais la coutume de notre club veut que le dernier membre admis devienne l'héritier, non point de celui qui trônait sur le fauteuil 7 avant sa venue, mais du membre disparu.

Mais tous ces détails vous ennuient peut-être?

– Du tout, du tout... C'est très intéressant.

– Le prochain crime sera donc *assuré* par Troppmann, rappela Dracula petite-fille.

– C'est... C'est inimaginable, frissonna Troppmann. Pourquoi tout cela? Je suis ce qu'on appelle un brave homme, je mène une existence honorable, sans histoire, ma vie ne va pas de travers. Alors, pourquoi? Pourquoi ce tour ignoble, cette succession imbécile? Serions-nous des détraqués? Par moments, je m'interroge avec angoisse...

Son regard suppliant, animal, derrière les verres de ses lunettes d'écaille, interrogeait les autres, comme changés en statues, absolument démunis de toute responsabilité, sans parti.

– Pourquoi, en ce cas, êtes-vous entré au club? demanda enfin Dracula petite-fille.

– Une... peccadille de jeunesse, bredouilla Troppmann.

Le chœur des lamentations, des regrets ne tarda pas à s'élever, ainsi que cela se produisait lors de chaque décalage traditionnel, alors que le fauteuil du préposé à l'assassinat accueillait un nouvel occupant.

– Nous sommes tous, ici, très honnêtes. La ville entière peut en témoigner. Nos voisins, nos amis, nos familles le diront.

– Mais un jour : pan! Il faut tuer!

– Pourquoi tout cela, mon Dieu?

– Pour faire plaisir au Vampire, ricana Madame Lafarge.

– Une fois entré dans ce maudit club, on n'en sort que les mains rouges!

Troppman ne disait plus rien. Il paraissait prodigieusement mal à l'aise. Il pensait à sa prochaine exécution. Il était loin d'être un chanceux, le maréchal Pétain lui refuserait sa grâce. Sa pauvre tête, à présent que son derrière était posé sur le fauteuil numéro 1, tomberait *avant celle des autres.* Il se trouvait placé en avant, tout au bord du gouffre. Depuis la mort de Gilles de Rais, il n'y avait plus personne devant lui. Les autres le regardaient sans envie, comme on regarde un grand malade condamné. Ce fauteuil principal, qu'en d'autres clubs, qu'en d'autres associations, n'importe quel membre eût été fier d'occuper, lui donnait, par son importance, une malsaine et mortelle chair de poule.

– Comme le temps passe vite, soupira Troppmann.

– Attendez au moins votre crime avant de vous lamenter! jeta Madame Lafarge, un peu excédé.

– Mon heure approche, frissonna le monstre de la plaine de Pantin. Je le sens. Je suis né en 1885. Je vais me retrouver comme en 1884, dans la même nuit stupide...

– Du calme... Du calme... Attendez au moins de trouver une victime acceptable.

– Et n'oubliez pas, dit Lacenaire, que, en 1884, vous vous trouviez, mon cher, au seuil d'une prodigieuse aventure...

– Compagnon asticot, pitié pour moi! bredouilla l'Alsacien.

Puis il lâcha, comme dans un cri :

– Mais je vous assure que je n'ai envie de

tuer personne! Je n'en veux même pas à mon percepteur, ni même aux salauds qui ont jeté la France dans ce bourbier infâme!

– Allons! Allons! De la gaieté! intima Dracula petite-fille en tapant dans ses mains. Maestro, musique!

Le beau Lacenaire se leva et se mit au piano. Il jouait aussi mal qu'il écrivait, mais cela mettait de l'ambiance dans le salon. Les liqueurs coulèrent dans les verres de cristal. Lacenaire, tout en frappant sur les touches, chantonna un poème du cru de celui qu'il personnifiait :

« Salut, ô guillotine, expiation sublime,
« Dernier article de la loi,
« Qui ravit l'homme à l'homme et le rend pur [de crime
« Dans le sein du néant, mon espoir et ma [foi.
« Ah! je vous connais bien, dalles qui faites [place
« Aux quatre pieds de l'échafaud,
« Dalles de pierre blanche où ne reste plus [trace
« Du sang versé par le bourreau... »

Tous étaient très gais, sauf Troppmann, le front dans une main. Bientôt, il sursauta : on frappait à la porte. Le domestique sourd-muet, tout de moiré vêtu, présenta un petit plateau d'argent à sa maîtresse. La petite-fille du Vampire y prit une carte, y jeta un coup d'œil et annonça :

– Monsieur Saint-Laurent-du-Maroni.

Il y eut, dans l'assemblée, un « ah! » d'impatience.

– *Déjà*, murmura l'assassin de la plaine Pantin, le visage subitement blême.

Marie-Rose Dracula se précipita :

– Entrez donc, cher ami. Vous êtes ici chez vous.

Un homme large et solide d'une soixantaine d'années, au regard froid et perçant, le genre « les pieds très sur terre », entra, retira son chapeau, tandis que le domestique le débarrassait de son parapluie et de son pardessus.

L'homme se fit servir un verre puis, campé devant le groupe, presque agressif, il annonça :

– Je vous apporte une affaire.

– Comme c'est rapide, grelotta Troppmann en se dressant sur son fauteuil, le teint terreux.

– Il va falloir être courageux, mon cher Troppmann, fit la maîtresse de céans, partir en beauté, *bien tuer*.

– On voit bien que vous ne risquez rien! jeta Troppmann, exaspéré, se débattant pour échapper aux pressions des mains amicales sur ses bras.

Saint-Laurent-du-Maroni s'assit et sortit de sa poche une chemise roulée qu'il ouvrit :

– Voici l'affaire. Je le surveille depuis déjà un bon mois. Je crois que le moment est venu d'abattre notre carte.

– Il appelle ça une carte! grimaça Troppmann.

– Un crime très simple en perspective, poursuivit Saint-Laurent. Si tout se passe bien, évidemment. Tout dépend du bon vouloir de notre ami Troppmann. Regardez ce papier... J'y ai dessiné un plan.

Les têtes se penchèrent studieusement. Seul Troppmann, respirant avec difficulté, était allé ouvrir la fenêtre pour humer la brise vespérale qui soufflait dans les branches des arbres du parc.

– Troppmann! appela bientôt la Secrétaire-Présidente. Si vous veniez écouter, cela vous ennuierait beaucoup?

– Laissez-moi tranquille, supplia l'éventreur d'enfants. Par pitié! Je suis un honnête homme, un bon Français... Pourquoi irais-je me salir les mains, me les ensanglanter, après de si longues années de labeur acharné et de ponctualité au bureau? Par-dessus le marché, je suis père de famille. Mes supérieurs m'ont proposé pour les palmes académiques... Malgré le surnom ridicule dont j'ai été affublé en entrant dans cette illustre association, je ne ferais pas de mal à une mouche. Tremper mes mains dans le sang... Pouah!

– Si le Vampire vous entendait! fit Dracula petite-fille, peinée.

Et tous regardèrent avec respect et sympathie, dans son cadre, la photographie jaunie du fondateur du club.

– Il s'agit d'un nommé Horace Lecoing, marchant d'articles de toilette sur les marchés, commença Saint-Laurent-du-Maroni.

2

LES MONSTRES REGAGNENT LEUR FOYER

I

Le Mémorial du club

Les invités de la petite-fille de Dracula prirent congé peu après minuit. La jeune femme les regarda s'éloigner dans le parc de la vaste propriété. Ils franchirent la grille puis s'égaillèrent dans la nuit, par petits groupes, selon les sympathies ou les itinéraires.

La Secrétaire-Présidente savait déjà que Troppmann se dirigeait vers la gare, accompagné de Landru – les deux hommes habitaient chacun un modeste pavillon de banlieue –, et que le sire de Gambais s'efforçait de consoler Troppmann qui devait « y passer », puisque désigné ce soir même par le sort pour commettre le prochain crime.

Marie-Rose savait que Jack l'Eventreur regagnait sa camionnette, rangée le long des grilles du parc, et que Madame Lafarge mettrait en marche, à peu près au même endroit, sa puissante automobile de marque américaine. Elle n'ignorait pas que les deux hommes, roulant l'un derrière l'autre, s'arrêteraient à *la Brasserie du Centre* pour y prendre un dernier verre avant de se séparer.

Lacenaire et le Vampire de Düsseldorf rentraient chez eux à pied. Probablement faisaient-ils le trajet ensemble, chacun entretenant l'autre de ses problèmes. Les deux hommes, ayant conscience d'être les intellectuels du clan, faisaient un peu bande à part. Peut-être, ce soir, exceptionnellement, encadreraient-ils le nouveau membre, Adolf Hitler, et chercheraient-ils à s'attirer ses bonnes grâces?

La descendante du Vampire se rendit dans la bibliothèque, ouvrit un coffre-fort mural dissimulé derrière un Mignard le Romain, y prit un épais cahier à couverture écarlate dans lequel étaient consignés les comptes rendus des séances du club. Elle l'ouvrit à une page où s'étalait ce tableau :

5 juillet 1932

Exécution capitale de Igor Brunski dit Raskolnikov, occupant le fauteuil de l'Assassin depuis le 12 janvier 1931, condamné à mort pour l'assassinat de la mercière du cours Albert-1er.

En conséquence, et en vertu des statuts du club :

GILLES DE RAIS,	*du fauteuil 2 passe au fauteuil de l'ASSASSIN*
TROPPMANN,	*du fauteuil 3 passe au fauteuil 2*
JACK L'EVENTREUR,	*du fauteuil 4 passe au fauteuil 3*
MADAME LAFARGE,	*du fauteuil 5 passe au fauteuil 4*
LE VAMPIRE DE DUSSELDORF,	*du fauteuil 6 passe au fauteuil 5*
LANDRU,	*du fauteuil 7 passe au fauteuil 6*

Lacenaire, nouveau membre, prend le fauteuil de Landru et devient numéro 7 de notre club.

Profession du nouveau membre : emballeur dans une quincaillerie par état. Poète par vocation.

Accueil du nouveau membre.

Speech du récipiendaire.

Eloge de Raskolnikov.

Réponse de bienvenue prononcée par Landru.

La Secrétaire-Présidente passa à une autre page du *Mémorial du Club* – vierge, celle-ci – et, de son écriture gracieuse et désuète, y inscrivit ce qui suit :

7 octobre 1940

Exécution capitale de Maxime du Hautbard, dit Gilles de Rais, occupant le fauteuil de l'Assassin depuis le 5 juillet 1932, condamné à mort pour le meurtre de l'encaisseur Fabrette.

En conséquence, et en vertu des statuts du club :

TROPPMANN,	*du fauteuil 2 passe au fauteuil*	*de l'ASSASSIN*
JACK L'EVENTREUR,	*du fauteuil 3 passe au fauteuil*	*2*
MADAME LAFARGE,	*du fauteuil 4 passe au fauteuil*	*3*
LE VAMPIRE DE DUSSELDORF,	*du fauteuil 5 passe au fauteuil*	*4*
LANDRU,	*du fauteuil 6 passe au fauteuil*	*5*
LACENAIRE,	*du fauteuil 7 passe au fauteuil*	*6*

Adolf Hitler, nouveau membre, prend le fauteuil de Lacenaire et devient numéro 7 de notre club.

Profession du nouveau membre : peintre en bâtiment.

Accueil du nouveau membre.

Speech du récipiendaire.

Eloge de Gille de Rais.

Réponse de bienvenue prononcée par Lacenaire.

Ce soir, notre estimé fournisseur, Saint-Laurent-du-Maroni, est reçu au sein de notre respectable association pour nous y proposer une nouvelle affaire sanglante.

La jeune femme retourna dans la salle des séances et posa son regard sur le fauteuil numéro 1. Elle se dit que ce pauvre Troppmann ne l'occuperait pas bien longtemps. Quelques heures plus tôt seulement, Saint-Laurent-du-Maroni – l'Annonceur de la Mort – était venu troubler intempestivement leur amicale petite réunion pour leur désigner la victime choisie... La jeune femme s'autorisa une pensée affectueuse et triste – très tzigane, très csardas – pour Jean-Baptiste Troppmann, ce malheureux employé, ce petit bureaucrate méticuleux, doux et craintif, dont la conduite et le comportement civique, depuis son admission au club qui remontait à plus de trente ans – trente-trois ans exactement (Troppmann avait fait son entrée au club en 1907, à l'occasion de l'exécution capitale du membre Couty de la Pommerais, le célèbre médecin empoisonneur, créant une vacance de fauteuil) –, avaient toujours été irréprochables.

A l'époque, la jeune femme – âgée seulement de cinq ans – n'assumait pas encore les fonctions de Secrétaire-Présidente du club. C'était sa mère, Isabelle – fille du Vampire –, qui détenait cette haute responsabilité.

Honnête homme, père de famille exemplaire, Troppmann allait devoir tout faire pour finir en cours d'assises et, presque certainement, un peu plus tard, à l'aube, sur l'échafaud.

En 1907, Troppmann n'avait que vingt-deux ans. Il s'était marié en 1910. En 1913, il était passé au fauteuil numéro 6, à l'occasion de l'exécution capitale de Jacques Clément, laissant sa place à Jack l'Eventreur. Il avait fait la guerre, en était revenu sain et sauf avec le grade de brigadier-chef. Aujourd'hui, toujours employé à la compagnie d'assurances *le Saint-Bernard*, rue Vieille-des-Tilleuls, il était père de trois enfants qu'il avait eus assez tard : un garçon de huit ans, un autre de treize et une fille de dix-huit ans dont on avait célébré les fiançailles la semaine dernière. Marié à une femme exquise, fin cordon bleu, aux petits soins pour lui, il demeurait dans un coquet pavillon de banlieue. Pêche à la ligne durant l'été, jacquet ou dominos l'hiver. Pas de politique. Aux grandes vacances, une petite plage normande, dans le pays de ses beaux-parents. Une existence exemplaire, sans histoire.

Cet homme-là, sans ambition, sans haine, sans imagination, avait tout pour être heureux et finir ses jours dans la quiétude. Il était, à coup sûr, dépourvu de toutes les caractéristiques de l'assassin en puissance. Rarement homme ne s'était trouvé si peu pourvu d'aptitudes, de possibilités, de motifs, d'audace, d'envergure pour devenir un gibier de potence. On lui eût facilement donné, comme on dit, le bon Dieu sans confession. Pourtant, il allait – très probablement – finir sous peu sur la guillotine. L'âme tachée et les mains rouges.

Au club des Vampires, on était très exigeant.

II

Les banlieusards

Honoré Bitchviller et Adrien Brème marchaient dans le brouillard d'octobre. Les lumières se faisaient rares, fugitives, hésitantes. La gare dressait sa masse sombre, toute proche. On la devinait aux trois cafés voisins restés ouverts malgré l'heure tardive, où la clientèle de nuit était en majeure partie composée de porteurs, d'employés en uniforme, d'hommes de troupe de la Wehrmacht en transit chargés de leur paquetage verdâtre, ou de voyageurs ahuris et ensommeillés, perdus entre deux trains, entourés de bagages et grignotant des sandwiches au pâté de poisson sous les lumières livides.

Bitchviller était un petit homme pâle à lunettes, à la voix douce, aux gestes hésitants, au regard fuyant, vêtu d'un pardessus noir et coiffé d'un melon. Son compagnon, beaucoup plus grand, large d'épaules, un peu massif, blond, le teint coloré, faisait preuve d'une faconde due à sa profession de placier en appareils de chauffage et avait le geste généreux. Le premier marchait à petits pas sautillants, le second attaquait le bitume avec force, la démarche lente et lourde.

– Ne faites pas cette tête-là, mon vieux! fit le placier.

– Je voudrais vous y voir..., murmura Bitchviller, la gorge serrée.

– C'est notre lot à tous! lança Brème presque joyeusement, dans le dessin désintéressé de mettre du baume dans le cœur du préposé au crime.

– On voit bien que ce n'est pas votre tour. Pardi! Vous n'êtes qu'au fauteuil numéro 5! Quatre avant vous! Vous avez encore de beaux jours en perspective!

– Peuh... De beaux jours... Et puis, je peux mourir avant, mon cher...

– On dit ça. Nous croyons tous à ce... à cette perspective. Et puis, le grand jour arrive, alors qu'on est heureux et en bonne santé. C'est affreux.

– Vous êtes heureux, vous, Bitchviller? s'étonna le colosse blond.

– Parfaitement. C'est ça qui est terrible.

– Petit employé mal payé, c'est ça que vous appelez être heureux?

– Que voulez-vous, Brème, je ne suis pas ambitieux. Une place sûre, la retraite... (Il émit un petit gloussement de dépit :) La retraite! Une épouse en or... Les gosses qui ne savent pas quoi faire pour me...

Il étouffa un sanglot. Brème lui envoya un grand coup de poing dans le dos, très amicalement :

– Allons! Allons! Du cran, que diable! Si vous vous mettez à penser à votre famille, où va-t-on! Il fallait réfléchir à tout ça avant d'entrer au club.

– Réfléchir! Vous en avez de bonnes, Brème! Vous pensez! J'avais vingt-deux ans, à l'époque! A cet âge-là, on ne réfléchit pas à fond. Je me disais que cette histoire de club fondrait un jour comme neige au soleil, que cette plaisanterie ne durerait pas... J'escomptais une prochaine dissolution... Je t'en fous! Trente-trois années se sont écoulées, et le club existe toujours!

– Et il marche! s'extasia le placier. Un véritable mouvement d'horlogerie. Tout y est parfaitement réglé. Je n'y suis que depuis huit ans, mais j'ai pu me rendre compte.

– Votre tour viendra.

– Rien n'est sûr, murmura Brème.

– Oh! je disais ça, moi aussi... Mais on n'y échappe pas, vous savez. Fuir? Impossible.

– Les statuts l'interdisent formellement, rappela Brème. C'est votre tour, c'est votre tour. Ce n'est tout de même pas au numéro 2 de prendre votre place! Tant que vous êtes vivant, vous avez priorité pour l'assassinat à commettre.

Ils entrèrent dans la gare, prirent leur billet. Le dernier train de banlieue était sur le point de s'ébranler. Ils franchirent le portillon, s'engagèrent sur le quai luisant de pluie, montèrent dans un compartiment « fumeurs ». Le wagon était désert. Ils s'installèrent sur une large banquette, prirent leurs aises, surtout Brème, qui étendit ses longues jambes.

Le train démarra. Le paysage sinistre des faubourgs de la ville défila sous leurs yeux avec ses rares lumières, ses coins de rues longues et étroites à réverbère chétif, voies bordées d'usines et de maisons tristes, pierres sales et usées comme marquées par un destin implacable, et le brouillard rendant tout ce décor d'un flou désespérant.

– A Noël, je pensais, avec les gosses...

– Mais, ma parole, vous pleurez! Oubliez donc votre famille! Désormais, votre véritable famille, Bitchviller, c'est nous autres. C'est le club. Ce sont les membres.

– Ce Saint-Laurent de malheur ne pouvait-il pas attendre quelques années... quelques mois?...

L'employé aux écritures se tourna brusquement vers son compagnon et lui saisit les revers de son pardessus :

– Je vous en supplie, Brème! Aidez-moi! Ayez pitié de moi!... Je me sens incapable de finir *ainsi.*

L'autre se dégagea doucement.

– Vous n'êtes pas tellement à plaindre, Bitch. Songez seulement aux innombrables assassins, aux malheureux meurtriers qui n'ont jamais eu l'occasion de faire partie d'un club comme le nôtre.

– Cela nous fait une belle jambe! hoqueta l'Alsacien. Vous parlez d'un honneur! Je m'en passerais bien.

– Ne dites pas cela. Vous devenez aigri parce que vous allez être bientôt guillotiné, ce n'est pas autre chose. Notre petit cercle est une véritable entreprise philanthropico-intellectuelle. Le Vampire a très bien fait les choses. C'était un grand bonhomme. Nos crimes, Bitch, ont un cachet, une estampille, un style.

– Quelle misère..., continua de geindre Bitchviller. S'il n'y avait que ma pauvre famille... Mais que vont en penser mes collègues de bureau? Lorsqu'ils verront ma photographie dans les journaux, ils ne me le pardonneront jamais! Dire que je devais passer sous-chef de bureau en mars...

– Bitch, vous n'êtes qu'un égoïste, décréta le placier en appareils de chauffage, et, s'écartant légèrement de l'employé, il se cala confortablement sur sa banquette et tenta de sommeiller.

Bitchviller demeura éveillé, torturé par l'angoisse. Il regarda par la vitre les rails qui défilaient à toute allure. Se suicider?... Non... Après tout, peut-être en réchapperait-il? Rien n'affirmait qu'il tomberait dans les filets de la police... Foutaises! Tout serait méticuleusement agencé pour qu'il atterrisse entre leurs griffes. Peut-être échapperait-il à la peine de mort? Des années enfermé, alors?

Il était cuit.

Pour entrer au Vampir's Club, il fallait être fou, car l'on n'en sortait que pour disparaître.

Le contrôleur passa pour poinçonner les billets. Premier arrêt. La petite gare de Sans-Soucy-Ville. Un lieu-dit perdu au bord de l'eau. Brème serra la main de l'employé, lui pressa l'épaule en lançant un « Courage, mon vieux! » des plus démoralisants et sortit du compartiment.

Le train repartit.

Bitchviller, se sentant affreusement seul, se recroquevilla dans son coin. Il allait rentrer dans son pavillon endormi. Les siens, couchés, rêvaient. Famille heureuse. Sa femme le croyait à une réunion de pêcheurs à la ligne. Elle n'avait encore jamais pris garde au fait que ces petits rassemblements innocents avaient toujours lieu aussitôt après la décollation d'un condamné à mort pour crime commis dans la ville ou ses environs. Elle ne connaissait pas les compagnons de réunion de son époux. Il ne lui en parlait qu'évasivement, inventant des noms. Elle ne savait pas davantage où se tenaient ces réunions et ne cherchait pas à le savoir. Dans l'entourage quotidien de Troppmann-Bitchviller, nul ne connaissait l'existence du Club des Vampires. Son sinistre secret se trouvait enfoui au plus profond de lui-même.

III

Le pharmacien et le boucher

La camionnette du boucher – Jack l'Eventreur – et la Ford du pharmacien – Madame Lafarge – roulèrent de conserve le long de la désertique avenue des Polonais, bordée de ses platanes mal nourris, longèrent les grilles du parc zoologique puis la façade de l'hospice des pauvres et, à la sortie du pont des Grèves, le véhicule du boucher précédait de peu celui de son compagnon et co-clubman. Mais le pharmacien, en traversant le quartier du Carmel, où l'on ne rencontrait âme qui vive passé vingt heures, accéléra, dépassa la fourgonnette et prit du large.

Le pharmacien Hanzard était installé depuis cinq minutes à *la Brasserie du Centre* devant un grand Clacquesin, quand Charles Chauveau, le boucher, l'y retrouva.

Jérôme Hanzard avait allumé une nouvelle pipe. Il fumait méticuleusement, se donnant l'apparence d'être en pleine réflexion. C'était un homme de cinquante ans, qui en paraissait tout juste quarante. Il était grand, svelte, affable et distingué, entreprenant, et avait le sens de l'organisation. Ses tempes étaient grisonnantes. Son admission au club remontait à vingt et une années – il y était entré fin juin 1919, à quelques heures de la signature du traité de Versailles, peu après l'exécution du membre Néron, accusé d'avoir étranglé une rentière pour la dévaliser. Hanzard n'était alors qu'un jeune homme timide et délicat. Il cherchait à s'établir. Admis à siéger dans l'antre du Vampire, ce pâle petit étudiant en pharmacie – études entreprises assez tard – s'était attiré d'emblée les bonnes grâces de la fille de Dracula, Isabelle, à l'époque Secrétaire-Présidente du club. Il en avait été l'amant et l'on prétendait même qu'il avait également profité des charmes de la petite-fille du Vampire, Marie-Rose, actuelle dirigeante du petit cénacle. Vingt et un ans après son entrée chez les disciples du suceur de sang, Hanzard était établi pharmacien place de l'Hôtel-de-Ville, en plein centre, et employait une demi-douzaine de préparateurs. Il était depuis peu l'époux d'une jeune et charmante comédienne – Gilberte Hanzard – qu'il chérissait.

Hanzard, personnage honorable et considéré, était chevalier de la Légion d'honneur et siégeait à la commission départementale de santé et d'hygiène. En outre, ce qui ne gâtait rien, il plaisait aux dames. Pourtant, lorsque, en 1948, âgé de cinquante-huit ans mais toujours svelte et ayant les tempes plus follement grisonnantes que jamais, il sera condamné à avoir la tête tranchée, on ne comptera pas moins de *cinq femmes* dans le jury. Mais son crime sera si horrible que ces dames ne pourront le lui pardonner.

A *la Brasserie du Centre*, il était très connu. Il y avait sa table. Beaucoup de gros commerçants, dont Chauveau, le boucher, venaient là prendre l'apéritif, midi et soir. L'homme des drogues et l'homme des viandes se fréquentaient en dehors du club et parlaient volontiers devant un verre. Bien entendu, nul ne savait qu'ils faisaient partie du même club. Lorsque le pharmacien se rendait chez la petite-fille de Dracula, il n'avait de comptes à rendre à personne. Mme Hanzard, en sa qualité d'artiste, se trouvait souvent en tournée ou dans quelque casino. A la maison, elle ne posait pas de questions indiscrètes à son mari. Hanzard avait ses clubs – normaux, ceux-ci –, ses amicales, ses amis, ses réunions politiques. Il sortait beaucoup le soir.

Le boucher, au contraire, était tenu de faire un rapport à son épouse chaque fois qu'il quittait le domicile conjugal après dîner. Ce gros quinquagénaire sanguin, roux, à la trogne brique et aux petits yeux porcins sans cesse en éveil, aux lèvres humides et gourmandes, dirigeait un des plus importants magasins de débit de viande de bœuf de la ville, place du Marché-aux-Animaux. *Au bon bout de bœuf.* Ses deux fils, d'immenses gaillards poilus, frustes, un peu demeurés mais braves et actifs, étaient ses principaux commis. *Au bon bout de bœuf,* en plein essor – Chauveau avait inauguré son magasin en mars 1933, jour où il avait cessé de travailler pour les autres – fournissait la caserne des cuirassiers, l'hôpital psychiatrique, l'hospice des sourds-muets et l'Armée du Salut.

Charles Chauveau – Jack l'Eventreur pour les clubmen – était un bon vivant. Certes, il tuait les animaux – il possédait un échaudoir aux abattoirs municipaux –, mais jamais il n'avait levé la main sur son épouse ou sur ses fils. La douceur et la sournoiserie constituaient l'essentiel de sa méthode de séduction. Il était entré au club en 1913, à l'âge de vingt-quatre ans, alors qu'il n'était que second commis chez Gardinaud, le tripier du boulevard des Protestants. Il avait toujours fréquenté le club avec assiduité et, vingt-sept années après son admission, y était un des personnages les plus en vue, surtout les derniers temps puisque son tour venait après celui de Troppmann.

Le commerce de la place du Marché-aux-Animaux marchait bien, et, au seuil de la guerre, Chauveau avait déjà en tête son petit plan de marché noir. En 39, ses fils avaient été réformés pour trop grande quantité de globules rouges. Ces deux gaillards insultants de muscles, au teint écarlate, aux bras monstrueux et velus, faisaient marcher à merveille le magasin. Toutes les filles du voisinage, indifférentes à leur air idiot et bovin, couraient après eux, excitées aussi bien par la belle santé des jeunes colosses que par les quartiers de viande rougeâtre qu'ils alignaient amoureusement sur les étals en faux marbre.

Mme Chauveau présidait dignement à la caisse, toujours un mot gentil pour la clientèle.

Marié en décembre 17, Chauveau, pour se rendre aux soirées de la petite-fille de Dracula, avait tout d'abord raconté à sa compagne qu'il participait à des réunions d'anciens camarades du front, puis il avait évoqué des congrès corporatifs, ensuite des soirées d'amicales bouchères et, enfin... une petite amie (Mme Chauveau avait atteint un âge tolérant.)

Chauveau s'installa face au pharmacien et Célestin, le garçon, s'approcha.

– Bonsoir, monsieur Chauveau.

– Bonsoir, mon grand.

Chauveau plissait ses petits yeux à les faire disparaître complètement dans son épaisse trogne striée de veinules écarlates et violettes.

Le loufiat posa un grand grog devant le boucher.

– Qu'est-ce que vous pensez du nouveau, Hanzard?

Le pharmacien eut une moue indécise, puis plutôt favorable :

– Un garçon poli, ma foi...

– Moi, je trouve qu'il a une drôle de gueule, pas très franche.

– Il était intimidé... Et puis, ce surnom!

– C'est vous qui le lui avez donné.

– Bien qu'Hitler fût artiste peintre et non peintre en bâtiment, je ne voyais pas grand-chose d'autre. Notre nouvel ami s'y fera.

– Comme nous, soupira le gros rouquin. Quelle misère! Dire qu'après Troppmann, c'est moi qui m'y colle!...

– C'est le cycle.

– En pleine prospérité! Alors que l'abattage du bœuf n'a jamais tant rapporté, aller abattre un homme, se retrouver bêtement en cours d'assises!

– Quelle drôle d'association, tout de même, fit gaiement le pharmacien.

– C'est aujourd'hui que vous vous en apercevez?

– Non, bien sûr... Mais tout de même... Quel étrange caprice a eu ce... Vampire. Dire que moi aussi, un jour... je m'entendrai inculper d'assassinat avec préméditation, je montrerai ces mains, toutes rouges, à mes juges...

– Je suis avant vous.

– *Juste devant moi.*

– Ah! si c'était moi qui décidais!

– Il y a Saint-Laurent, le pourvoyeur de victimes.

– Si seulement cette saleté de bourrique acceptait les arrangements...

– De ce côté-là, il n'y a rien à faire, précisa le potard. Les émoluments que lui verse Marie-Rose pour... faire ses choix, sont trop appréciables pour... Il a toujours été fort bien payé. Un pourvoyeur incorruptible.

– Dire que ce foutu bonhomme a fourni toutes les victimes du club!

– Engagé à la fondation, en 1900, récita Hanzard. Il y est toujours.

– Soixante-trois ans et frais comme un gardon! La vache! Pauvre Bitch! Comme il doit avoir peur. Finir sur l'échafaud ou au bagne pour un marchand de savons à barbe!

– Nous ne choisissons pas nos victimes, ne l'oubliez pas.

– Qu'est-ce qu'on va bien m'offrir, à moi? s'interrogea l'abatteur de bœufs. Un végétarien?

IV

Le nouveau venu

Henri Cerisier – le Vampire de Düsseldorf –, modeste instituteur de trente-neuf ans, et Julien Bridonnard dit Maixent de Saint-Ange, jeune auteur de poèmes et de romans d'amour – Lacenaire – marchaient sans se hâter le long du cours de l'Indépendance.

Le premier, un peu voûté, vêtu sans recherche, avait un regard terne et boitait. Le second, un garçon de vingt-neuf ans, avait un beau profil décharné de tragédien mais affichait une tenue négligée. Ses cheveux noirs lui tombaient dans le cou, son teint était blafard et boutonneux, ses yeux fiévreux soulignés par de grands cernes. L'auteur, employé le jour dans une quincaillerie de la rue des Aulnes, n'écrivait que la nuit et ses longues veilles lui faisaient perdre en partie la mémoire.

Les deux hommes encadraient le nouveau venu au club, le peintre en bâtiment Camille Caporelli, surnommé Hitler par le pharmacien Hanzard.

– Eh bien? demanda Cerisier, de cette voix douce qui savait si bien s'adresser aux enfants. Notre petit club vous plaît?

– Laissez-moi arriver...

– Enfin, insista l'instituteur, comme première soirée?... Votre impression?

– Bonne... Forcément.

– Vous ne regrettez pas d'y être entré? questionna le vendeur de seaux hygiéniques diurne et poète nocturne.

– Quelle question! Tout le monde a été si gentil pour moi... Mme la Présidente, en particulier...

– La petite-fille de Dracula, précisa Bridonnard.

– Quel nom bizarre.

– En réalité, expliqua Cerisier, elle s'appelle Marie-Rose Aumoynel. Née Puylborot. Petite-fille de Joachim d'Eaubrune-Lespeyssac, le Vampire de la Belle Epoque, comme on le surnomma dans la presse. Neuf crimes reconnus! D'autres certainement laissés dans l'ombre. Fondateur de notre club en juillet 1900. Aussitôt après son exécution, sa fille Isabelle, épouse Puylborot, devint Secrétaire-Présidente, obéissant aux dernières volontés de son père. Elle exerça ces fonctions jusqu'en 1925. A ce moment, sa fille Marie-Rose, que vous avez vue ce soir, lui succéda. Marie-Rose Aumoynel a une fille de sept ans, Catherine-Angélique qui, un jour, deviendra elle-même Secrétaire-Présidente...

– L'arrière-petite-fille de Dracula, précisa le poète.

– Quelle histoire de fou! s'exclama le peintre.

– Pas du tout, mon cher, protesta le poète-quincaillier. Comme on vous l'a expliqué ce soir, le club a une mission bien nette à remplir.

– Bien nette, en effet, concéda Caporelli en avalant sa salive et portant une main à son cou.

– Vous avez encore bien le temps de vous en faire, mon cher! Le fauteuil numéro 7, que vous occupez, c'est le plus pépère! D'ici à ce que vous preniez place sur celui de l'Assassin... Vous pouvez compter sur une bonne trentaine d'années de tranquillité... et mourir de votre belle mort avant, peut-être... Mais cela – le trépas normal – n'arrive pour ainsi dire jamais, au club.

– Vous êtes célibataire, je crois? questionna l'instituteur.

– Fiancé. Je crois, à présent que mon avenir est assuré, que je vais pouvoir me marier le mois prochain.

– Veinard!

– Surtout, dit Bridonnard, pas un mot à votre fiancée.

– Vous n'y pensez pas! Elle me fuirait avec horreur...

– Oh... Avec horreur... N'exagérons rien.

– Ne faites pas comme cet imbécile de pharmacien qui a raconté à sa jeune femme qu'il lisait dans l'avenir et se voyait finir sur la guillotine! Il ne faut pas tenter le diable. Naturellement, elle lui a ri au nez. Mais, à mon avis, il s'est un peu trop avancé. Une tête de linotte! Il parle trop.

– Il peut s'en passer des choses, en trente ans, émit le peintre.

– On dit ça! lança l'instituteur. Tenez, ce pauvre du Haubard...

– Du Hautbard?

– Oui. Gilles de Rais, si vous préférez. Celui qui vient de quitter le club était installé sur le fauteuil de l'Assassin depuis huit ans. Il était entré au club en 1905. Trente-cinq années de présence assidue. Le jour de son arrivée dans notre amicale, à la mort de Casério – de *notre* Casério –, il était persuadé que cette petite rigolade ne ferait pas long feu et qu'il pourrait échapper à la sortie réglementaire... Et flop! en 1940, le voici condamné à la peine de mort pour l'assassinat d'un encaisseur. Il y a eu les guerres, les épidémies, les fléaux naturels, les conflits sociaux, tout le bazar, quoi!... mais notre club reste, immuable, inchangé dans ses statuts inexorables depuis sa création. Alors! Cette guerre-ci, tenez, qui vient de commencer, eh bien, elle se terminera forcément un jour, et le club sera toujours en place, avec, à sa tête, une Secrétaire-Présidente implacable. Nous sommes cuits, vous pouvez m'en croire. Une fois qu'on est dans l'engrenage... Mais, dans le fond, j'en connais qui aimeraient bien être à notre place. Avouons-le : ce n'est pas à tous les coins de rues que l'on trouve des clubs si amusants...

– Question amusements, on trouve moins dangereux...

– Que comptez-vous faire de votre avenir, jeune homme? s'informa l'instituteur boiteux.

– Mon avenir... frémit le peintre en bâtiment, le souffle coupé.

– Oui. Enfin... votre avenir avant... avant le... la... Je parle de vos années *d'honnêteté.*

– Eh bien... Euh... Si tout se passe bien, j'espère me mettre à mon compte, fonder une petite entreprise. Je crois que mon futur beau-père pourra m'aider financièrement, et... ma foi...

– Ah! les petits projets d'avenir! Comme c'est beau!

– Et vous, messieurs? demanda Caporelli. Il y a longtemps que vous êtes au club?

– Moi, ça fait huit ans, dit l'instituteur. J'y suis entré en février 32, après que notre Ravaillac eut été condamné à trente années de bagne. Il est mort à Cayenne l'an dernier.

– Huit ans également, fit Bridonnard-de-Saint-Ange. En 32, il y eut trois admissions : Cerisier, Brème et moi. En juillet, j'ai profité du « départ » de Raskolnikov. Assassin d'une mercière, il tenta de s'ouvrir les veines dans sa cellule, trois jours avant l'installation des bois de justice. Il fut traîné pantelant sous le couperet. Raskolnikov... Un brave garçon. Un nihiliste... Un rêveur... Evadé d'un bagne en Sibérie, traqué par la police tzariste, il s'était réfugié chez nous en 98. Chauffeur de taxi. Pas méchant pour deux sous. Trente-deux ans de club. Le Vampire lui-même l'y fit entrer. Il fut un des sept qui étrennèrent les monstrueux fauteuils.

– Vous m'effrayez, messieurs.

– Allons! Allons! il ne faut pas vous en faire... Au début, c'est toujours comme ça. On a peur, on est mal dans sa peau. Dans le fond, c'est un peu normal. Se trouver brusquement en si curieuse compagnie... Et puis, les années passent... On change de fauteuil. Du 7, on saute au 6. Du 6, au 5... On en arrive à oublier *pourquoi* on est là... ce que l'on est appelé à devenir... C'est seulement arrivé au fauteuil numéro 2 que l'on est brutalement réveillé, et que l'on commence à s'en faire – comme au début. Et puis, c'est le « trône », et l'on y demeure collé, incapable de s'en lever, dans l'impossibilité absolue de se retirer de ce siège implacable. Dès lors, on attend la visite de Saint-Laurent-du-Maroni. Et la peur nous avale tout cru.

– Voyons! protesta le poète. Ne l'épouvantez pas au reste, Cerisier!

– Si nous allions arroser l'admission de notre ami Caporelli? proposa l'instituteur. Il y a justement un petit bar encore ouvert, en face... Mais rapidement, si ça ne vous fait rien... Il me reste des devoirs à corriger. Ah! je suis bien ennuyé... Je crains que ma leçon de morale de lundi matin n'ait pas été très bien comprise par mes élèves. Je ne voudrais surtout pas appliquer des notes erronées à ces pauvres enfants. S'ils me respectent, s'ils m'aiment, ce n'est pas parce que je leur fais peur, ni parce que je les gronde, c'est uniquement grâce à mon sens inné de la justice.

Les trois clients du bourreau – si peu pressés et tellement hypothétiques, tant leur aube dernière était loin – entrèrent au *Café des Jasmins*, sur le mail, l'instituteur en avant, le poète s'effaçant pour laisser passer le « bizut ».

3

EXTRAITS D'ARTICLES PARUS DANS LE *PETIT JOURNAL* ENTRE LE Ier FEVRIER ET LE Ier JUILLET 1900

Le *Petit Journal* daté du Ier février 1900 annonçait :

CAPTURE D'UN VAMPIRE.

« Les neuf horribles crimes commis en l'espace de cinq mois dans la région de X..., sont bien l'œuvre d'un seul et même individu.

« Après quatorze heures d'interrogatoire dans les locaux de la Sûreté, le monstre, vaincu, a fléchi, avoué la perpétration de ses sanglants forfaits et revendiqué la paternité du massacre.

« Il s'agit du pseudo marquis Joachim d'Eaubrune-Lespeyssac, âgé de quarante-cinq ans, dernier rejeton d'une riche et honorable famille, très effacée depuis la chute du Second Empire, installée dans sa propriété ancestrale, à la lisière de la ville de X..., depuis quatre siècles!

PETIT RÉSUMÉ DES MÉFAITS DU MONSTRE

« Eaubrune – nous nous permettrons de supprimer la particule, usurpée, dit-on, au lendemain de la Révolution, ainsi que le second nom, et ce pour des commodités de typographie –, Eaubrune, au soir du Ier septembre 1899, égorge, pour le détrousser, sur une route déserte traversant le peu rassurant bois de Vaulx-Croix, non loin du monastère des Frères Rédempteurs, un voyageur de commerce en tapisserie, M. Leduret, originaire de Privas, (Ardèche) et père de neuf enfants.

« Le 13 septembre, le marquis sanglant dévalise une religieuse du carmel de la Balancette, sœur Honorine, et, affolé par les cris poussés par la malheureuse, lui tranche la carotide d'un coup de rasoir.

« Le 30 septembre, ne trouvant sans doute pas ses ignobles mains suffisamment rouges, le taciturne locataire de l'hôtel d'Eaubrune étrangle le chef de gare de sa ville, M. Fleury-Augelais, bien connu dans toute la cité et très aimé de ses concitoyens, qui exerçait ses estimables et hautes fonctions depuis près de trente ans. Le drame a lieu dans la bagagerie de la station, à une heure de la nuit. Son crime commis, le féroce personnage enferme le cadavre du malheureux – père, lui aussi, d'une ribambelle d'enfants – dans une malle d'osier qu'il étiquettera en vue d'une expédition à la consigne de la gare de Béziers. (Hérault).

« Son quatrième crime sera commis le 16 octobre. La charmante petite Gervaise Pertuiseau – dix-neuf ans – est trouvée noyée dans la Chaizière, ayant subi des violences corporelles dont nous épargnerons les effrayants détails à nos lecteurs.

« Le 7 novembre, Eaubrune tue coup sur coup,

a) le matin : un encaisseur du Crédit Populiste, qu'il assomme mortellement et dévalise;

b) le soir : à l'église Saint-Amand-de-la-Miséricorde, une vieille femme de quatre-vingt-treize ans en train de communier, qu'il surprend par-derrière, dans la nef déserte – n'oublions pas qu'il est très tard –, étouffe à l'aide d'un tampon imbibé d'un mystérieux narcotique, et à laquelle il dérobe quelques malheureux sous!

« Le 19 décembre, ce sera au maître horloger Delacluze, notable de la ville, qu'il s'en prendra.

« Chacun de nos lecteurs doit se souvenir de cet épouvantable crime digne de Troppmann lui-même.

« Delacluze est trouvé dans son arrière-boutique, le corps lardé de cinquante et un coups de couteau!

« Cependant, détail étrange, rien n'a été volé chez la victime.

« D'aucuns ont prétendu qu'il avait existé, jadis, certains rapports entre l'horloger et feu la marquise d'Eaubrune – paix à son âme –, morte il y a quatre ans d'une fièvre inconnue contractée lors d'un voyage d'agrément aux îles Caraïbes.

« Mais pourquoi cette vengeance criminelle tardive, si odieuse, si méchante, si déloyale?

« Le 7 janvier de cette année, enfin, les frères Chagnelot – jumeaux aveugles de quatre-vingt-seize ans, dont l'un, Marcellin, fut aide de camp du général Changarnier –, vivant cloîtrés depuis des années dans leur petite maison du cours Philippe-le-Bel et qui, après les années 70, exploitèrent une mercerie florissante rue des Francs-Tireurs, sont trouvés à l'aube, par leur bonne, Mlle Zénaïde Lempereur, sans tête, sans bras – mais nous n'aurons point le mauvais goût de dresser ici la liste des asiatiques mutilations subies par les malheureux vieillards –, au milieu d'un effroyable amas de boucherie, dans leur chambrette commune aux murs barbouillés de sang, aux meubles éventrés, au coffret à économies fracassé et vidé de son contenu.

« Neuf crimes, mesdames et messieurs!

« L'épouvantable, l'abject Eaubrune, ayant eu l'imprudence – et l'impudence! – d'aller rôder l'autre soir autour de la maison des frères Chagnelot – pour y récupérer, a-t-il prétendu, des boutons de manchette qu'il croyait avoir perdus sur le cauchemardesque théâtre et jugeait compromettants pour lui –, Eaubrune a été interpellé par les gendarmes mis en faction sur les lieux par M. le Sous-préfet.

« Depuis cinq mois, la police s'avérait impuissante à mettre la main sur l'auteur – ou les auteurs – de ces diaboliques forfaits, et nul n'a oublié l'interpellation vigoureuse, à la Chambre, de M. le ministre de l'Intérieur par le député radical Sucret, élu de la région où s'est abattue cette avalanche de crimes.

« Quels liens, en effet, existait-il entre ces effarants assassinats, sinon que tous sans exception avaient été commis à l'intérieur ou aux abords de la ville de X...?

« Durant cinq longs mois, de septembre 99 à fin janvier 1900, les gens de la Sûreté ont arrêté, interrogé puis relâché suspect sur suspect, tournant piteusement en rond.

« C'est dans les locaux départementaux de la Sûreté, où il avait été amené, que l'épouvantable Eaubrune a d'abord nié avec la plus féroce énergie. Il a affirmé aux policiers qui l'interrogeaient être un ami des frères Chagnelot, ce qui s'est bien vite révélé faux. Les Eaubrune – chacun le sait dans leur ville – sont des gens de bien; les frères Chagnelot, au contraire, étaient considérés comme des radicaux enragés et intransigeants.

« Trois heures après l'arrestation de l'inquiétant marquis, une perquisition en son hôtel particulier fut ordonné par le préfet. Et ce fut là que l'abominable et incroyable vérité éclata. Qu'on en juge : en divers endroits, recoins, cachettes, meubles à tiroirs secrets de la demeure, les inspecteurs de la Sûreté mirent la main sur le carnet-registre de vente, le portefeuille et le sac de linge du colporteur en tapisserie Leduret – le tout taché du sang du malheureux père de famille. Les policiers, poursuivant leurs recherches, trouvèrent, de surcroît, le couteau ayant servi à assassiner le brave homme sans défense, dont l'extrémité de la lame était ébréchée, la partie manquante ayant été trouvée fichée dans la gorge de la victime.

« Les gens de la Sûreté nationale mirent, en outre, la main sur le missel de sœur Honorine, alourdi de sang coagulé; le sifflet du chef de gare Fleury-Augelais, un indicateur d'horaires de chemin de fer et une étiquette d'expédition de colis, semblable à celle trouvée collée sur la malle tragique, mais inachevée dans son libellé, raturée et vraisemblablement inutilisée à cause de cela par le criminel, mais néanmoins conservée par quelque esprit de gloriole sadique.

« Les policiers, bien sûr, ne s'arrêtèrent pas là. Ils trouvèrent également le jupon sanglant de la malheureuse petite Gervaise Pertuiseau; les livres de comptes et la montre en or de l'encaisseur du Crédit Populiste; une lettre adressée à la dévôte de Saint-Amand-de-la-Miséricorde, ainsi qu'un châle reconnu par la famille de cette dernière comme ayant appartenu à la morte; une serviette de toilette marquée aux initiales du maître horloger Delacluze, couverte de taches de sang; enfin, des billets de banque ensanglantés, volés aux aveugles du cours Philippe-le-Bel, plusieurs pièces de linge teinte en rouge sang, ayant servi à tenter d'essuyer les innombrables taches écarlates laissées dans la chambre d'épouvante; enfin, dans une commode Louis XIII, la hache ayant servi au dépeçage des jumeaux nonagénaires.

« Le monstre fut bientôt confondu et, quelques heures plus tard, il avouait.

« Il affiche, à présent, une parfaite et ahurissante sérénité, ne semblant pas manifester le plus léger remords. Inculpé par M. le juge d'instruction Tiburce de Chavignac d'assassinats avec préméditation, de vol et de viol, le Vampire a choisi Me Lafaune pour assurer sa difficile défense.

« Après avoir subi l'indispensable examen psychiatrique réglementaire, le marquis buveur de sang comparaîtra devant les assises de son département, probablement dans le courant du mois d'avril.

« Rappelons que, né le 24 août 1854 – anniversaire de la Saint-Barthélemy!!! –, il est âgé de quarante-cinq ans, veuf depuis peu et père d'une fille unique de vingt-deux ans : Isabelle, fiancée à un sieur Puylborot, secrétaire-intendant du monstre.

« Bien entendu, et nous nous en félicitons, ni l'employé ni la jeune fille n'étaient au courant des tristes activités du Vampire dont ils partageaient la demeure. »

Désœuvrée dans sa nuit, Marie-Rose Aumoynel, veuve de trente-huit ans fort séduisante, continuait de feuilleter la collection du *Petit Journal*, s'arrêtant, attendrie, aux articles relatifs à l'affaire du Vampire, son grand-père, qu'elle n'avait malheureusement pas connu.

Petit Journal du Ier juillet 1900.

JUSTICE EST FAITE!

« Eaubrune, le Vampire, a été guillotiné à l'aube, place du Carnaval, devant la prison municipale de sa ville natale.

« La foule était venue de partout alentour pour assister à la dernière parade du marquis sanguinaire. Certaines personnes, assoiffées de justice, étaient là depuis dix heures du soir, ayant amené avec elles bancs, tabourets, paniers contenant victuailles et boissons, lorgnettes.

« Le monstre est mort courageusement et a même adressé, avant de se prêter aux œuvres de Monsieur de Paris, un petit sourire à la foule...

« Défi? »

« Défi... », songea Marie-Rose. Baste! Il y en eut d'autres!

La jeune femme pensa que les badauds qui avaient assisté à l'exécution capitale de son grand-père ignoraient alors que le Vampire, en montant sur l'échafaud, ne faisait que commencer à tuer.

Quarante années après cet épisode numéro un, il continuait de plus belle.

Marie-Rose rangea la collection de journaux dans un placard puis se rendit dans la chambre d'enfant, tapissée de bleu dragée, où sommeillait sa fille Cathy, âgée de sept ans – arrière-petite-fille de Dracula –, que nous verrons, dans les prochains épisodes de ce récit, à partir de 1955, assumer la présidence et le secrétariat du club.

La jeune femme fit rapidement le point, comme elle aimait à le faire chaque fois qu'un nouveau membre était admis aux réunions.

En juillet 1900, le marquis d'Eaubrune, veuf de quarante-cinq ans, est guillotiné. Il laisse une fille de vingt-deux ans : Isabelle, qui devient, en 1901, l'épouse de Charles Puylborot, secrétaire du marquis. Bien entendu, au club, Puylborot est dans le secret des dieux, mais il n'y a pas la parole. Chez les d'Eaubrune-Lespeyssac, ce sont les femmes qui commandent, et les descendantes du monstre s'y entendront fort bien pour veiller à la bonne marche et aux destinées du club.

En avril 1902, naît la fille des Puylborot : Marie-Rose, aujourd'hui Secrétaire-Présidente.

En 1914, Charles Puylborot disparaît mystérieusement en Serbie. Inutile d'aller subodorer là une histoire d'espionnage. Il n'est question ici – exclusivement – que d'un récit criminel.

La veuve Puylborot – Isabelle – ne se remariera pas. Elle élève seule sa fille et assume la direction du club, en exécution des dernières volontés du Vampire, jusqu'en 1925. Elle est alors âgée de quarante-sept ans et se noie à Biarritz, un jour de mer démontée. Sa fille Marie-Rose a vingt-trois ans. Elevée dans l'esprit « Vampire », elle prend les rênes du club. En 1926, elle épouse Clément Aumoynel, historien, qui, en 1933, lui donne une fille : Catherine (ou Cathy). En 1937, Aumoynel disparaît prématurément, emporté par une embolie. On a longtemps prétendu, au club, que l'historien avait voulu mettre son nez dans les archives du club, ce qui n'eut pas l'heur de plaire à la Secrétaire-Présidente... Bref.

En 1940, Marie-Rose, qui ne s'est toujours pas remariée, est demeurée fidèle aux ambitions posthumes du Vampire.

4

LE CRIME DE TROPPMANN

I

Le Pourvoyeur

AGENCE DE DETECTIVES ZADIGUS
Fondée en 1899

Technique inspirée des hautes méthodes
de
JAVERT
VAUTRIN
SHERLOCK HOLMES
FOUCHE
MONSIEUR LECOQ
MONSIEUR DUPIN
MONSIEUR DE LA REYNIE
et autres glorieux et imbattables détectives et policiers réels ou imaginaires.
ALFRED PINCEDIEU ET Cie
ENQUÊTES
FILATURES
SURVEILLANCE

PROTECTION PHYSIQUE
Discrétion assurée
SPECIALISTE DE L'ADULTÈRE
DE LA LETTRE ANONYME
DU CHANTAGE
DE TOUTES TRACASSERIES OCCULTES
ET DE LA MENACE DE MORT.

En relation constante avec la police officielle

A NOTRE ACTIF, APRES 40 ANNEES
D'EXERCICE :
179 PROJETS DE MEURTRE DÉTOURNÉS
198 EXECUTIONS DE MENACES
CRIMINELLES AVORTÉES
1977 VOLEURS... VOLÉS!
11.115 RAPPORTS DETAILLES
SUR CONSOMMATION D'ADULTERE
etc. etc.

CONSULTEZ NOS CATALOGUES.

Alfred Pincedieu – Saint-Laurent-du-Maroni –, fondateur de l'agence Zadigus, était alors âgé de soixante-trois ans. De forte carrure, l'œil froid et la lèvre mince, le détective privé était l'âme et le nerf de sa maison de police. Malheureusement pour les bonnes mœurs, il avait partie liée avec le club et, depuis la création de celui-ci, en était le fournisseur attitré.

Le crime de Troppmann était prêt. Le dossier se trouvait devant Pincedieu, sur son bureau. Le détective connaissait depuis A jusqu'à Z les allées et venues du commerçant à abattre. Sa surveillance n'avait pas été vaine. La victime choisie pour l'occupant du fauteuil de l'Assassin logeait depuis une dizaine de jours dans une chambre de l'hôtel Henri-IV. Le marchand d'articles de toilette et d'hygiène se levait vers six heures et se rendait sur l'un des marchés de la ville où il dressait son étalage. A treize heures, il s'installait dans un restaurant proche de son lieu de travail. L'après-midi, il rangeait son matériel dans sa camionnette et effectuait une tournée autour de la ville. Le soir, il réintégrait son hôtel.

Pour permettre à Troppmann de voir de près l'homme pour lequel il allait finir sur la guillotine, on l'avait chargé, ce matin-là, d'aller acheter au commerçant un blaireau et un paquet de lames de rasoir.

II

Le petit déjeuner du monstre

Sept heures. Troppmann émergeait d'un sommeil peuplé de cauchemars prémonitoires, une gêne étrange dans le cou. Torticolis ou appréhension du couperet, rançon de son adhésion au club? L'employé appuya sur le bouton de son réveille-matin et la sonnerie cessa.

Mme Troppmann – alias Bitchviller – agita son gros derrière de façon à pousser son falot de mari hors de la couche conjugale, lourde d'odeurs de sueur et de chaleur animale.

Le préposé à l'assassinat glissa à bas du lit, affublé d'une chemise de nuit beaucoup trop ample pour son corps maigre, et son pied blême veiné de bleu chercha sa pantoufle, sur la carpette.

Le criminel – plus précisément : le membre désigné pour mériter ce qualificatif – était plus laid encore au sortir du sommeil qu'au cœur de la journée. Il faisait pitié à voir, et son cou blanc et flexible eût pu, pour être tranché, se contenter d'une simple lame de canif. Il se passa une main longue et flasque sur le crâne, dans le dessein ridicule d'aplatir quelques rares cheveux secs saupoudrés de tenaces pellicules.

Depuis trente ans, Bitchviller – les dimanches mis à part – se levait ainsi aux aurores pour se rendre au *Saint-Bernard*, la compagnie d'assurances qui l'employait.

– Honoré, tu vas être en retard! jeta l'épouse, comme chaque matin. Si tu consentais à faire un petit effort? Dépêche-toi! C'est tous les jours la même chose, tu n'es pas fichu d'arriver au bureau avant 9 h 20! On va finir par te mettre à la porte... Avec toutes ces compressions de personnel...

Depuis trente ans c'était la même sérénade. Et Bitchviller occupait toujours son poste au

Saint-Bernard. Etre mis à la porte... C'eût été trop beau. La compagnie d'assurances le gardait, férocement indulgente. Le chef du personnel fermait sadiquement les yeux sur ses retards quasi quotidiens. « Une maladie chronique, cette inexactitude », avait décrété M. Poulebard, son chef de service. Bitchviller était incurable, mais comme il s'agissait d'un employé consciencieux dans son travail, ma foi, on consentait à fermer les yeux...

« A la guillotine, frémit Bitchviller en son for intérieur en se traînant vers le cabinet de toilette, serai-je *aussi* en retard? »

Il entendait la voix du gardien-chef de la prison :

– Allons, Bitchviller... Dépêchez-vous d'enfiler votre pantalon. Ces messieurs attendent... Cela fait mauvais effet. La politesse, voyons... Et le coiffeur, Bitchviller! Lui aussi, vous allez le faire attendre. Il a autre chose à faire. Il a à s'occuper de têtes qui ne tomberont pas aujourd'hui!

Pourquoi enfilait-on un pantalon et passait-on chez le coiffeur pour avoir la tête tranchée? Petits mystères de la justice, petites tracasseries administratives...

Ses ablutions terminées, Bitchviller passa dans la salle à manger où toute sa petite famille s'était réunie pendant qu'il faisait sa toilette. Il embrassa son aînée, ses fils, sa femme (il n'embrassait jamais Mme Bitchviller avant d'être rasé). Le chocolat, le café au lait, fumaient dans les bols, les tartines étaient beurrées. Bitchviller regarda les siens plus longuement que les autres matins. Il allait les quitter à tout jamais. Et pourquoi? Quelle stupide destinée! En arriver *là* à cause de ce club de piqués.

– Qu'est-ce que tu as, Honoré? Tu as mauvaise mine. Tu n'as pas l'air dans ton assiette.

– C'est vrai, papa. T'es tout pâle.

– Tu as besoin de vacances, Honoré!

Ils le regardaient tous. Le café fumait toujours dans les bols.

– Ça va très bien, je vous assure.

– Vrai?

– Mais oui...

– Allons, Honoré! Pas de comédie! Parle!

– Eh bien, voilà... Je... J'ai un *petit* embêtement.

– A la bonne heure!

– Qu'est-ce qui ne va pas, papa?

– Je dois demander une heure, ce matin, à Poulebard.

– Et alors?

– Eh bien, j'ai un peu peur qu'il me refuse cette permission.

– Allons donc! Tu n'as rien demandé depuis des années.

– C'est que... en ce moment, il y a beaucoup de travail... Et Poulebard n'est pas de très bon poil, rapport aux hémorroïdes de sa femme. Ça m'embête de lui demander.

– C'est pour quoi, cette permission, Honoré?

– Euh...

Il faillit dire : « Pour aller voir de près la tête de ma victime. » Mais se reprit :

– Les obsèques d'un ancien collègue : Houchard. Le pauvre vieux, je l'aimais bien. Une mauvaise grippe... On est peu de chose!

Le café, le chocolat, fumaient toujours dans les bols. Sa famille le regardait de façon curieuse. Se souviendraient-ils de son trouble, le jour du procès?

« Mon Dieu! songea Bitchviller, en essayant de grignoter une tartine. Quelle tête feront-ils quand ils me verront *dans le box*? Les pauvres gosses... Je ne devrais pas... Je ne devrais pas... »

Au dehors il y avait du soleil. Les oiseaux piaillaient. Les oiseaux chantaient et il allait mourir.

Huit heures sonnèrent.

– Dépêche-toi, Honoré.

Une fois de plus, il allait partir à l'heure, mais il ne pourrait s'empêcher de flâner sur le boulevard, de lécher les vitrines...

Il se leva précipitamment, oubliant de plier sa serviette, enfila sa gabardine, saisit son parapluie et sa serviette de cuir. Il était déjà dehors, traversant à pas rapides le jardin, quand Mme Bitchviller fronça les sourcils, subitement éveillée par un détail atroce – une chose qu'elle avait en horreur – remarqué sur son époux. Elle se leva d'une détente et bondit hors de la salle à manger. Sur le seuil du jardin, la bouche pleine de biscotte à la confiture d'oranges, elle appela d'un ton sans réplique :

– Honoré!

Honoré se retourna :

– Oui?

– Où as-tu la tête, *ce matin*?

Le clubman remonta lâchement une main vers sa gorge :

– La tête?... Mais...

– Pourquoi n'es-tu pas rasé?

Effectivement, ce matin-là, Troppmann avait oublié de se faire la barbe.

Mais en revanche – et peut-être était-ce là la cause véritable de ce fâcheux impair –, il n'avait pas oublié qu'il devait aller acheter des lames de rasoir et un blaireau à la victime désignée par Saint-Laurent-du-Maroni.

Le trac au ventre, le malheureux en avait oublié d'utiliser ses propres lames.

III

Le monstre au bureau

Depuis 1923, Bitchviller occupait la même place, à côté de la fenêtre, dans le bureau des fascicules U, à la compagnie d'assurances *Le Saint-Bernard*.

Il fit son entrée dans le local à 9 h 20 pile. Le travail commençait à neuf heures. Plus précisément : la présence, puisque – ancienne et touchante coutume bureaucratique française – l'on se consacrait à la lecture des journaux jusqu'à dix heures moins le quart.

Moutte, Frougeol, Fignotte et Mlle Alice, ses collègues, étaient évidemment à leur place et, sur une petite estrade, derrière une simple cloison en verre dépoli, M. Poulebard, le chef de service, était en train de téléphoner à la « dame inconnue » que le personnel, charitable et imaginatif, prenait pour sa maîtresse. Bitchviller serra les mains, demanda si ça allait, sans attendre la réponse, et arriva timidement auprès de son chef au moment où celui-ci raccrochait le combiné.

– Panne de réveil, Bitchviller?

– Oui, monsieur Poulebard.

– Sacré Bitchviller!

Troppman se rendit au vestiaire pour y accrocher ses affaires, puis il gagna sa table, déboucha son encrier, étala devant lui ses tampons, son porte-plume, ses crayons et son grattoir. Les autres, somnolant ou lisant les faits divers, ne s'occupaient pas de lui. Ils ignoraient, bien sûr, qu'ils retrouveraient d'ici peu la tête de leur collègue à la première page des journaux, et dans quelles circonstances!

Bitchviller plaça devant lui une pile de bordereaux jaune clair et de fascicules U modèle rose. Il se mit au travail. Un regard inquiet sur la pendule lui rappela que, d'ici à une demi-heure, il lui faudrait demander à son chef l'autorisation de s'absenter...

Dix heures.

La trouille.

Aurait-il aussi peur lorsque?...

Bitchviller toussa, rectifia son nœud de cravate, essuya ses mains moites de sueur après ses jambes de pantalon, puis prêt à se lever, s'accorda cinq minutes de sursis. Tout de même, il fallait y aller!

– Monsieur Poulebard...

– Oui, mon bon.

– Je... Euh... J'ai une course à faire, monsieur Poulebard. Une course importante.

Le chef de service sursauta, ahuri :

– Une course? Maintenant? Vous, Bitchviller?

– Oui, monsieur Poulebard.

– Et alors?

– Et alors j'aurais besoin d'une petite heure.

– C'est si pressé?

– Oui, monsieur Poulebard.

– Quel genre de course?

– Un enterrement.

– Ah bon. Vous avez perdu quelqu'un, Bitchviller?

– Un vieil ami. Un voisin...

– Quel âge?

– Soixante-dix-neuf.

– Le cœur? s'inquiéta M. Poulebard qui était un peu cardiaque.

– Non, l'estomac.

– Il a souffert?

– Un peu.

– S'est-il vu partir?

– Non. Mais les autres l'ont vu, par contre.

– Ce sont eux les plus à plaindre : ceux qui restent.

– On est peu de chose!
– Et l'on s'en fait!
– On amasse, on amasse... Et puis...
– Et puis crac!
– Enfin, il avait tout de même dépassé l'âge de la retraite. C'est une petite consolation. Allons, vous êtes libre, Bitchviller. Revenez à deux heures, ça suffira.
– Merci beaucoup, monsieur Poulebard.

IV

Un clubman discipliné

Sa journée terminée, Horace Lecoing, le marchand d'articles de toilette et d'hygiène, montait l'escalier conduisant à sa chambre d'hôtel. Un homme descendait à sa rencontre. Lecoing en profita pour s'arrêter et allumer une cigarette, afin de laisser passer l'autre. A la lueur de la flamme de son allumette, il reconnut la petite face souffreteuse et pâlotte d'un type qui, le matin même, lui avait acheté un blaireau et un paquet de lames de rasoir, sur le marché. Il se souvenait très bien de cet individu qui était resté plus de cinq minutes devant son étalage, à le dévisager. Le petit type bredouilla un vague « pardon » et poursuivit son chemin. Horace Lecoing gravit les dernières marches le séparant de sa porte. L'escalier n'était pas très bien éclairé. Il chercha sa clef, dans l'ombre.

Il s'écroula sans un cri, le crâne fracassé. Tout près, une main tremblante tenait encore la statuette de bronze représentant Adolphe Thiers, toute maculée de sang.

Le diable aux trousses, Bitchviller dévala les dernières marches de l'escalier, poussa une porte vitrée et se retrouva dans la rue, à l'air libre.

Il avait, point par point, suivi les règles formelles régissant le club des Vampires.

Dans le pavillon, Mme Bitchviller s'apprêtait à demander à sa fille – ses garçons lui ayant répondu par la négative – si elle n'avait pas vu la petite statue d'Adolphe Thiers, gagnée quelques jours plus tôt, dans une loterie de fête foraine, par son mari.

V

Troppmann chez Landru

Troppmann, avant de se livrer à la police, avait éprouvé le besoin de se confier à son ami Landru. Il s'était rendu chez le représentant en appareils de chauffage, tard dans la soirée. Brème l'avait fait entrer dans son pavillon et là, le petit employé avait vidé le trop-plein de son cœur.

– Je ne suis pas rentré chez moi, Brème. Je n'ai pas osé. Les miens doivent se demander ce que je fabrique... Et au bureau! Je devais revenir à deux heures!

Il pensait encore au bureau, en employé consciencieux, comme si les années le séparant de sa retraite devaient encore être prises en considération...

– L'arme du crime? s'informa Landru-Brème.

Troppmann-Bitchviller entrouvrit précautionneusement son pardessus et exhiba un objet enveloppé d'un chiffon maculé de sang. Il dégagea le tissu rougeâtre et présenta à son ami la statuette de Monsieur Thiers. Landru s'en empara et la soupesa en faisant une moue qui en disait long :

– Ça pèse lourd, cette saloperie-là!

– La police va se demander pourquoi j'ai tué ce type! Je n'ai pas le moindre mobile valable à fournir. Je ne peux tout de même pas leur dévoiler les statuts du club!

– Ils nous prendraient pour des fous, dit le placier en se servant de cognac.

– Alors que nous sommes tous sains d'esprit, voilà le pire! se lamenta l'employé de bureau.

– Vous avez tué pour voler. Crime crapuleux, voilà tout. Un mobile solide, mon cher : là, *on n'y coupe pas.* C'est simple. Voilà un individu que vous n'aviez jamais rencontré de votre vie, et vous le descendez! Ce ne peut être que pour le voler. Un matin, en vous rendant au marché pour lui acheter un paquet de lames de rasoir, vous l'avez vu compter des billets de banque et les glisser dans son portefeuille. Vous avez été tenté.

– Mais je n'ai pas besoin d'argent! protesta Troppmann.

– A d'autres! Avec votre paie de scribouillard léger...

– Je peux faire vivre ma famille, objecta Bitchviller.

– Allons donc! Vos enfants sont obligés de travailler. Votre fils aîné a dû abandonner ses études. Vous vous apprêtiez à faire entrer votre fille dans la compagnie d'assurances qui vous emploie.

– Ces raisons ne sont pas suffisantes pour... D'abord, ce type, je l'aurais volé pour acheter quoi?

– Je ne sais pas, moi... Un pavillon plus confortable... Vous trouverez bien.

Troppmann sortit de sa poche le portefeuille de feu Lecoing, bourré de billets de banque.

– Effectivement, dut-il admettre. *Je l'ai volé.*

– Vous voyez bien.

– Nuance, Brème. Si j'ai en main ce portefeuille, ce n'est pas parce que je suis un voleur, c'est uniquement pour justifier la perpétration de ce crime idiot.

– Attendons les journaux de demain, fit Brème, pour toute réponse.

– Ils vont peut-être soupçonner quelqu'un d'autre...

– C'est fatal, mon cher. Il y aura au moins un

suspect. La police met rarement dans le mille du premier coup. On ne vous soupçonnera pas tout de suite. Vous vous armerez de patience et vous attendrez. Lorsque ce suspect se verra un peu trop ennuyé, vous ferez votre devoir. Vous devez éviter de laisser un innocent payer à votre place. Vous avez commis un crime, Bitch, vous devez être puni. On aime trop la justice, au club.

– A tel point qu'on la provoque, constata amèrement l'employé. Ce n'est plus de l'amour, c'est de la rage. Croyez-vous qu'ils me condamneront à mort?

– C'est probable. Vous n'êtes pas tombé sur un très bon numéro : votre victime était père de six enfants en bas âge. En tout cas, le bagne à perpétuité. Cayenne, mon vieux.

– Mes pauvres enfants...

– Ils sont élevés, maintenant. Ce n'est pas si grave. Pensez aux orphelins Lecoing.

– Remarquez, en ce qui concerne mes gosses, j'avais pris mes précautions. Je les ai toujours choyés. En ai-je fait, des heures supplémentaires, pour eux! Je savais depuis longtemps, qu'un jour...

– A présent, une page est tournée, fit Landru. C'est maintenant au tour de Jack l'Eventreur. Et moi je passe au fauteuil 4.

– Veinard!

– Lorsque je serai *en tête de peloton,* vous serez loin, Troppmann...

– En Guyane ou en enfer, sanglota Bitchviller. Mais dans le fond, n'est-ce pas un peu la même chose?

VI

La cérémonie de la lettre

Aux aurores, Marie-Rose se fit apporter les journaux par son domestique sourd-muet. Un titre s'étalait en première page, en caractères gras :

**L'ASSASSINAT D'HORACE LECOING
LA POLICE SUR LES TRACES
D'UN SUSPECT**

Chaque membre reçut un mot de la petite-fille du Vampire. Tous – sauf Hitler dont ç'allait être la première cérémonie de la lettre – connaissaient bien le libellé de cette courte missive, au ton laconique et administratif :

Messieurs les membres du club sont instamment priés de vouloir bien se prêter à la cérémonie de la lettre, qui aura lieu le jeudi 6 octobre à 21 h, au siège de l'association. Prière de rapporter cette convocation à l'expéditeur. Se munir de papier à lettres personnel.

Le Secrétariat.

Ils furent exacts au rendez-vous, à l'exception de Troppmann, bête traquée par la police et qui, désormais n'avait plus rien à faire au club.

Déjà, la Secrétaire-Présidente, ayant récupéré les convocations, les brûlait dans la cheminée.

Hitler, intrigué, cherchait à savoir ce qu'on allait lui demander. Il s'adressa à l'instituteur :

– Qu'est-ce que c'est, au juste, que ce... cette réunion?

– Avez-vous apporté avec vous du papier à lettres? lui demanda aimablement le Vampire de Düsseldorf.

Le peintre montra un vulgaire bloc-notes acheté dans un monoprix.

– C'est tout ce que j'ai, dit-il. Du papier quadrillé.

– Aucune importance. Ça ira très bien.

Les autres, installés dans leur fauteuil, étalaient devant eux leur petit matériel de correspondance.

Hitler, ahuri, lâcha une plaisanterie stupide :

– On va écrire nos Mémoires?

– Ne vous tracassez donc pas, dit le Vampire de Düsseldorf. On va vous expliquer. Les membres de ce club sont astreints à quelques petites obligations... Ce n'est pas méchant.

Il se pencha sur le peintre en bâtiment, en bon camarade, pour lui indiquer la marche à suivre.

Les autres regardaient, en bout de table, le fauteuil de l'Assassin, vide.

– Bientôt, je l'occuperai, grogna Jack l'Eventreur en s'épongeant le front.

Les membres s'entre-regardèrent, mal à l'aise.

– A votre avis, dit le boucher. Troppmann... Combien de temps lui reste-t-il à courir?

– Ce n'est plus qu'une question d'heures, assura Madame Lafarge.

– La police est sur un suspect, précisa Landru. Ça ne pourra pas durer.

– Il sera obligé d'avouer, fit Madame Lafarge.

– Montrer le portefeuille volé, la statuette ensanglantée..., ajouta Landru.

– Connaît-on le nom de ce suspect? demanda Hitler.

– Ma foi non, répondit Landru. La police n'a pas fait de confidences.

– Et si ce n'était pas Troppmann, ce suspect? émit naïvement Hitler. En tenant sa langue, Bitchviller pourrait s'en tirer...

– On voit bien que vous venez de débarquer au club, ricana Madame Lafarge, une main à l'abandon sur sa braguette.

– Je proteste! jeta le peintre. La police peut très bien soupçonner quelqu'un d'autre!

– Ce serait peine perdue, répondit le pharmacien. C'est Troppmann qui détient les preuves de la perpétration du crime. Là est l'essentiel. Il y a une chose à ne pas perdre de vue : le cas de notre ami Troppmann serait beaucoup plus désespéré s'il s'était débarrassé de l'encombrante statuette ou du portefeuille volé à Lecoing...

– Je ne comprends pas bien..., fit Hitler.

– S'étant débarrassé et de la statuette et du portefeuille, expliqua Madame Lafarge avec patience, Troppman risquerait alors de *ne pas pouvoir payer*. La police serait capable de ne pas le croire, de refuser de prendre ses aveux en considération. Vous me suivez, cher ami? De nos jours, hélas, les aveux, même signés, ne suffisent pas. Pour être *ennuyé*, il faut fournir la preuve matérielle d'un crime. Mais faites confiance à Troppmann, il saura se jeter avec discipline dans la gueule du loup.

Soudain, les membres du club sursautèrent. Il manquait un autre clubman. Le fauteuil 6 – celui de Lacenaire – était vide.

– Où est Lacenaire? demanda la Secrétaire-Présidente, étonnée. Il a pourtant reçu sa convocation comme tout le monde.

– Je ne comprends pas, fit Jack l'Eventreur. Cet après-midi, il était à la quincaillerie. J'y suis passé pour acheter des vis. Il ne m'a rien dit.

– Refuserait-il de *faire sa lettre*? insinua soupçonneuse et menaçante, la petite-fille du Vampire.

– Il s'est pourtant prêté de bonne grâce à la dernière cérémonie, fit observer Madame Lafarge.

– Il n'espère tout de même pas s'en tirer à si bon compte! lança la jeune femme. Souffrant, il se serait fait excuser.

– Enfin, messieurs! Je ne comprends pas! éclata Hitler, abasourdi. Faire sa lettre! Que se passe-t-il? Qu'y-a-t-il de drôle là-dessous? Si notre collègue Lacenaire refuse de venir ici ce soir, je ne vois pas ce qu'il y a là de catastrophique!

– La présence de chacun à cette réunion est

obligatoire, rappela le V. de D. (1). Une défection de Lacenaire revêtirait un caractère de haute gravité.

– Une telle incartade ne s'est encore jamais produite chez nous, précisa Marie-Rose. Lacenaire ne compte que huit années de club. Ce serait folie de sa part de se refuser à faire sa lettre. Venant de Jack l'Eventreur, qui est sur le point d'accéder au trône d'honneur, ce genre de rébellion pourrait s'expliquer... Mais Lacenaire! Un garçon qui a encore – en principe – de nombreuses années à vivre!

Mais l'inquiétude générale disparut, un bruit de pas précipités venant de retentir dans le hall.

Lacenaire, essoufflé, entra dans le salon. La petite-fille de Dracula poussa un soupir de soulagement.

– Veuillez m'excuser, mes amis, fit le poète. J'avais tout simplement oublié mon nouveau papier à lettres. Je me le suis fait faire il y a seulement quelques jours et je tenais à l'étrenner ce soir.

Il prit place dans le fauteuil 6 et posa devant lui un feuillet bleu pâle en haut duquel s'entrecroisaient les initiales de teinte garance *M. de S. A. (Maixent de Saint-Ange) et, au-dessous, cette distinction : Poète-Dramaturge. Membre perpétuel de l'Académie Littéraire de...*

Jack l'Eventreur avait préparé une feuille de papier commercial à en-tête de sa boucherie : *Au bon bout de bœuf. Charles Chauveau. Place du Marché-aux-Animaux. Tel. 79-737.*

(1) Dans le souci de simplifier, nous appellerons désormais V. de D. le Vampire de Düsseldorf.

Madame Lafarge disposait d'un vergé gris perle avec, incrustés en relief, en haut et à gauche, ses nom, prénom et qualité. Le V. de D. avait préparé une page de cahier d'écolier et Landru une facture de la maison d'appareils de chauffage qui l'employait.

Cinq stylos furent décapuchonnés. Seul Hitler mouilla avec application la mine noire d'un crayon.

Marie-Rose dicta d'une voix morne :

– Monsieur le Commissaire de police. J'ai bien l'honneur, par la présente...

Marie-Rose se pencha sur chaque lettre pour en vérifier le texte, puis elle ordonna :

– Signez.

Six visas furent tracés, six paraphes crissèrent ensemble sur les papiers à lettres, immédiatement sous la dernière ligne. Six signatures. Celle, lourde, empâtée, ridiculement lisible, de Jack l'Eventreur. (Egoïsme, rouerie, brutalité enveloppée de bonhomie, eût diagnostiqué un graphologue diplômé.) Celle du pharmacien, aérienne mais illisible, soulignée d'un trait quasi interminable. (Le graphologue : distinction, sensibilité effrénée, caractère fantasque, imagination, ambition.) Celle, minuscule, renfermée, en pattes de mouche du V. de D. (Le graphologue : intelligence plus sensitive que créatrice, goûts pédagogiques, neurasthénie chronique, refoulement sexuel, sans ambition.) Celle, large, tout en courbes et cercles, agrémentée d'une grosse tache d'encre en forme d'étoile de Landru. (Solitude, combativité, agressivité, misogynie.) Celle, infinie, haute, dévorant une large surface de papier, entourée d'un ovale et soulignée de plusieurs traits en vaguelettes de Lacenaire. (Folie paranoïaque, pédérastie aiguë. Le graphologue.) Celle, enfin, de Hitler-Caporelli, presque tracée en lettres de ronde. (Désir de bien faire. Intelligence très en dessous de la moyenne. Confiance naïve. Apreté au gain.)

– N'oubliez pas de porter en bas vos nom, prénom et qualité, rappela la Secrétaire-Présidente.

Lorsque cela fut fait :

– Enveloppe.

Six enveloppes apparurent sur la table, les unes en papier de luxe, doublées, les autres achetées au bazar.

– Cachetez.

Les monstres en puissance salivèrent et humectèrent la colle de leur enveloppe.

– Adresse.

Six plumes studieuses et disciplinées tracèrent : *Monsieur le Commissaire de police...*

– Je ramasse le courrier.

La jeune femme passa autour de la table et s'empara des lettres.

Les suceurs de sang rangèrent leur petit matériel et, pouvant respirer un moment, abordèrent la question du crime de Troppmann.

5

Décembre 1940

SOIRÉE CHEZ LA PETITE-FILLE DE DRACULA *(Suite)*

Ce 30 décembre 1940 – en ce temps-là, la justice était expéditive – les journaux de la région annoncèrent : *Honoré Bitchviller, l'employé d'assurances qui assomma mortellement Horace Lecoing pour le voler, a été guillotiné au petit jour. Le chef de l'Etat avait refusé sa grâce.*

Le soir même, on se réunit chez la petite-fille de Dracula.

En un laps de temps aussi court – la dernière réunion remontait à octobre –, les membres n'avaient guère changé.

Conformément à son habitude, Madame Lafarge examinait le nouveau venu, un être lourd, de haute taille, hirsute, barbu, vêtu de loques crasseuses, l'air bestial – pour tout dire : un clochard de la pire espèce dont l'haleine empestait le livarot trop fait et le gros rouge. Madame Lafarge détaillait le bizut avec sa perplexité coutumière, tirant sur son élégante et fragile pipe d'écume, se touchant machinalement la braguette, cherchant un surnom pour ce membre fraîchement débarqué au club.

Jack l'Eventreur – qui venait d'occuper pour la première fois le fauteuil de l'Assassin – crayonnait un dessin pornographique sur un coin de son journal.

Landru, cartes à jouer étalées devant lui, faisait une réussite.

Le V. de D. corrigeait des compositions françaises.

Lacenaire composait un poème qu'il destinait au fils de son patron et Adolf Hitler, très fier d'avoir avancé d'une case – il occupait désormais le fauteuil 6 –, se sentant, à présent, bien installé dans le club, dévisageait le clochard avec supériorité.

Le loqueteux ne paraissait pas intimidé pour si peu. Faisant comme chez lui, il s'était affalé dans le fauteuil 7 et se curait consciencieusement les chicots à l'aide d'un ticket d'autobus plié en quatre dans le sens de la longueur. Il pouvait avoir une cinquantaine d'années, ses petits yeux fureteurs pétillaient de malice.

– Anarchiste sur les bords, nous avez-vous dit? fit Madame Lafarge. Que diriez-vous de Ravachol?

La petite-fille du Vampire bâilla, tapota son chignon puis décréta :

– Ravachol adopté.

– Alors comme ça, dit le clochard dont le véritable nom était Eustache Mounol, y me faut un surnom! C'est marrant, ça, les mecs! J'ai qu'un froc, une seule liquette, pas de calecif et j'aurai deux noms! Ah! c'est un drôle de truc votre club!

– Euh... n'avez-vous réellement pas d'autres vêtements? s'informa poliment – mais avec inquiétude – la Secrétaire-Présidente.

Le clochard eut un mouvement offusqué :

– Je suis de la cloche, ma petite dame! On a dû vous prévenir, je suppose. Moi, si mes fringues vous plaisent pas, je peux me tailler! Au revoir et merci, salut la compagnie!

Il fit mine de se lever.

– *Vous êtes fou?* cria presque Marie-Rose.

Le pouilleux retomba dans son fauteuil en haussant ses énormes épaules de feignant.

– Enfin, insista Marie-Rose, nous n'allez tout de même pas rester éternellement... euh... clochard?

– Pourquoi pas? Ça vous gêne?

– C'est que... A présent que vous êtes parmi nous...

– C'est-y que votre club voudrait me fournir une garde-robe ou me verser une rente?

– Absolument pas, mon ami! L'adhésion de chacun, comme on a dû vous l'expliquer, est tout à fait désintéressée. Nous n'avons absolument rien à voir avec l'Armée du Salut. Notre club n'est pas chargé de pallier les éventuelles difficultés financières de ses membres. Nous sommes ici pour autre chose, de *plus sérieux.*

– Ouais, fit le clochard. On m'en a touché deux mots. Mais moi, je m'en vais vous dire une bonne chose : le gars Mounol qui vous cause, y clamçera avant d'y passer, à la coupeuse!

– Vous avez le temps d'en reparler. En tout cas, mon bon ami, il vous faudra changer de vêtements. Tout au moins à l'occasion de nos réunions.

Ravachol fit un grand geste de protestation :

– C'est tout de même pas parce que je fais partie de votre club que je dois renoncer à ma vie de clodo! On est-y libre, oui ou non?

– Comme vous voudrez, fit sèchement Marie-Rose. Mais... peut-on vous demander de quoi vous vivez?

– Un interrogatoire, à présent? Ma parole, vous êtes pires que les poulets!

– J'insiste, mon cher.

Ravachol eut un mouvement vague du bras :

– Les poubelles... Les chiffons... La revente de ferraille...

– Et vous n'aspirez pas... à autre chose?

– Ma foi non. Mon seul bien – et j'y tiens! – c'est la liberté. Pas de singe sur le dos à vous enquiquiner, voilà le secret du bonheur.

– N'oubliez surtout pas qu'un jour vous aurez à comparaître devant vos juges.

– Vous faites pas de mouron, ma petite dame.

– Si nous passions aux choses sérieuses? demanda Landru après avoir réprimé avec mal un mouvement d'agacement.

– Une petite seconde, répondit Marie-Rose. Euh... monsieur Mounol...

– Monsieur!!! s'esclaffa le pouillasson. Ah! Ah! Elle est bonne, celle-là! Appelez-moi donc Tatache, comme tout le monde!

– A partir d'aujourd'hui – dans cette maison –, vous n'êtes plus que Ravachol.

– C'est-y que je serais tombé sur des piqués?

– Surveillez vos écarts de langage, je vous prie. Voilà. En qualité de récipiendaire...

– De récipient d'quoi? questionna le gueux en fronçant ses sourcils touffus.

– Ne cherchez pas à comprendre. En tant que... nouveau venu en notre illustre compagnie – on a dû, je suppose, vous prévenir –, vous êtes chargé de prononcer un petit discours. Expliquez-nous la raison pour laquelle vous vous trouvez parmi nous, exposez-nous vos intentions, faites-nous part de vos projets, narrez-nous, de façon succincte, votre biographie.

– Ma biogra-quoi?

– Racontez-nous votre vie, si vous préférez. Un petit résumé.

Le clochard se leva et sortit de sa poche de sac de pommes de terre – son pardessus – un petit carré de papier.

– Ben voilà, m'sieurs dames... J'ai préparé ma petite chansonnette avec l'aide de mon pote Julot...

Chacun se dressa sur son siège, épouvanté.

– Julot? s'inquiéta Marie-Rose. Comment! vous avez mis quelqu'un d'autre dans le secret?

– Vous faites pas de mauvais sang, ma petite

dame, la rassura Ravachol. Julot c'est pas un homme, c'est mon greffier. Mon chat, quoi! Un persan. Des yeux comme des perlouses de rajah. Cette bête-là, figurez-vous, elle m'inspire... Bon. Voilà la prose de Tatache. Vous excuserez les fautes, mais mes vieux m'ont pas fait faire d'études, j'ai pas dépassé la maternelle. Mais le principal y est, c'est parti du cœur.

Il s'éclaircit la voix par un écœurant raclement de gorge.

– Chers amis et Vampires. Si je suis ce soir parmi vous...

Le speech de Ravachol avait duré une bonne demi-heure. La plupart des auditeurs avaient déploré en leur for intérieur la richesse d'inspiration du vagabond et regardé à plusieurs reprises le cadran de leur montre. Lorsque le clochard se fut réinstallé dans son fauteuil, on se désaltéra avec les boissons apportées par le domestique sourd-muet : champagne et fines à l'eau.

Le nouveau réclama du vin rouge et on lui apporta un litre d'Algérie à 13 degrés. Les autres firent des mines dégoûtées en voyant le va-nu-pieds boire au goulot. Seul Madame Lafarge sembla manifester quelque intérêt nuancé de bienveillance à l'égard du pouilleux.

– A présent, à vous la parole, mon cher Hitler, invita Marie-Rose.

Le peintre en bâtiment se leva, exhiba lui

aussi une feuille de papier et, s'adressant en particulier à Ravachol, ahuri et hilare, il se mit à lire son compliment de bienvenue.

Un peu plus tard, les clubmen s'étant retirés, Marie-Rose incrivit dans le *Mémorial* :

30 décembre 1940
Exécution capitale d'Honoré Bitchviller dit Troppmann, occupant le fauteuil de l'Assassin depuis le 7 octobre 1940, condamné à mort pour avoir assassiné le marchand d'articles de toilette et d'hygiène Lecoing.

En conséquence, et en vertu des statuts du club :

JACK L'EVENTREUR,	*du fauteuil 2 passe au fauteuil*	*de l'ASSASSIN*
MADAME LAFARGE,	*du fauteuil 3 passe au fauteuil*	*2*
LE V.D.D.,	*du fauteuil 4 passe au fauteuil*	*3*
LANDRU,	*du fauteuil 5 passe au fauteuil*	*4*
LACENAIRE,	*du fauteuil 6 passe au fauteuil*	*5*
HITLER,	*du fauteuil 7 passe au fauteuil*	*6*

Ravachol, nouveau membre, prend le fauteuil de Hitler et devient numéro 7 de notre club.

Profession du nouveau membre : clochard.

Accueil du nouveau membre.

Speech du récipendiaire.

Eloge de Troppmann.

Réponse de bienvenue prononcée par Hitler.

Rien d'autre à signaler.

6

Mars 1947

LE CRIME DU BOUCHER

I

Sursis pour le bœuf

Chacun fut averti. Les uns par un petit billet, les autres par une discrète communication téléphonique. Ce soir, 11 mars 1947, à vingt et une heures précises, réunion chez Marie-Rose. Proposition, par Saint-Laurent-du-Maroni, d'une nouvelle affaire de sang.

Envahi par une émotion bien compréhensible, le boucher Chauveau, prévenu par un pneumatique qu'on lui avait remis à l'abattoir, juste au moment où il allait abattre un bœuf, posa son merlin, s'épongea, et, enjambant les flaques de sang étalées sur le carrelage de l'échaudoir, éprouvant le besoin de s'isoler, se dirigea vers la buvette.

Ses deux fils, toujours plus forts, plus rougeauds que jamais, restèrent là, leurs gros pieds dans le sang de bœuf, et s'entre-regardèrent, intrigués :

– Le père a l'air tout chose. Il a comme pâli.

– C'est-y que ça serait une mauvaise nouvelle?

Devant le zinc d'*Au Grand Verre des Amis de la Viande,* Chauveau commanda un triple cognac dans un ballon et, s'épongeant toujours le front, relut la sinistre missive annonciatrice.

Là-bas, en face, le bœuf sauvé *in extremis,* profitant de l'incroyable sursis qui lui était accordé, continuait de se lamenter.

A la buvette, des tueurs à l'air bon garçon et des dépeceuses au visage de sorcière observaient du coin de l'œil l'occupant du fauteuil de l'Assassin.

Le boucher, n'ayant plus du tout le cœur à abattre son bœuf, alla se changer au vestiaire puis prit le chemin de sa boutique. Sur la grand-place, il croisa Madame Lafarge qui était en train de faire pisser son chien.

– Alors Chauveau, c'est votre tour?

– L'heure est venue, grimaça le boucher. Vraiment, c'est moche, ce club.

– Ce soir, vous connaîtrez l'identité de votre victime.

– Qu'est-ce qu'ils vont bien me faire assassiner?

– Il y a combien de temps que vous êtes au club, Chauveau?

– Trente-quatre ans. Et en arriver là!

Il montra d'un coup de menton, sur le trottoir d'en face, son superbe magasin, agrandi depuis 1941, dont l'aile droite faisait charcuterie depuis la Libération et l'aile gauche, encore sous la main des carreleurs, était destinée à la triperie fine :

– Un si beau commerce! En plein essor! Après une vie de travail acharné, aller finir comme le dernier des misérables!

Le pharmacien lui envoya une bourrade amicale dans le dos :

– Allons, Chauveau! Du cran! Vos fils sauront bien vous succéder. Ils sont travailleurs. La bidoche, ça les connaît.

– Je ne pourrai pas me résigner, Hanzard. Jamais je n'accepterai...

– Allons donc! Et moi, vous croyez que je suis à la noce? Après vous, c'est mon tour.

– Si ma pauvre femme était encore de ce monde... (Chauveau ayant perdu son épouse un an plus tôt, une petite personne grassouillette et autoritaire, sa bru, trônait à la caisse d'*Au bon bout de bœuf.)* Cette garce de Louisette va pouvoir régner en maître! Ah! elle ne me regrettera pas, celle-là!

– Je me demande ce qu'on va bien vous faire tuer, fit pensivement Hanzard, amusé.

– Il y a tout le temps quelqu'un à assassiner, dans cette foutue saloperie de ville!

II

Du travail pour le boucher

Saint-Laurent-du-Maroni, bien qu'il eût vieilli de sept ans depuis l'« affaire » Troppmann-Lecoing, était toujours ce robuste vieillard increvable à l'œil vif que redoutaient tant les clubmen.

Chez Marie-Rose, les membres – en particulier Jack l'Eventreur – le regardèrent avec appréhension et malaise ouvrir sa chemise de carton bleu.

– Voici l'affaire, dit le pourvoyeur. Je *la* surveille depuis environ un mois.

– Mon Dieu, une femme! gémit Jack l'Eventreur.

– Une vieille, précisa le détective.

– Ne nous dites pas que vous seriez incapable de tuer une vieille femme, Chauveau, fit Marie-Rose.

– Je *la* guette depuis plusieurs semaines, reprit l'homme de l'agence *Zadigus.* Je crois que le moment est venu de... faire un geste. Il s'agit d'une personne âgée de soixante-dix-sept ans : une demoiselle Renaude Montrepeu, propriétaire d'une honorable pension de famille : *Les Scabieuses,* rue Arnould-Galopin.

– Ouf! soupira Ravachol, immuablement vêtu de haillons crasseux et sirotant comme d'habitude du gros vin rouge, buvant à même le goulot. Je vais enfin pouvoir passer au fauteuil 6.

Et chacun de regarder, à sa droite, le fauteuil suivant dont il allait bientôt pouvoir disposer. Le long frisson nerveux qui secoua Madame Lafarge, transi sur le siège numéro 2 – il en oublia de tirer sur sa pipe et de se toucher la braguette –, n'échappa à personne. *Pour la première fois depuis son entrée au club, Madame Lafarge avait peur.*

Le boucher, lui, ayant perdu son éclatant teint brique, négligeait de griffonner son habituel petit dessin obscène. Il n'avait plus la main.

III

La vieille

La petite vieille – tout de noir vêtue –, gantée de parme, chapeau à fleurs, agitait avec véhémence sa paire de lorgnons, tandis que son autre main s'accrochait à son sac, crispée, rageuse, semblable à quelque araignée habitée du démon de la possession. Sa voix, bien que chevrotante, avait de solides accents de fermeté :

– On veut m'assassiner. Je le sais, monsieur le Directeur. On me guette. On m'épie. On cherche à me tendre des pièges.

Saint-Laurent-du-Maroni tentait de la rassurer, comme ses attributions de détective privé l'exigeaient :

– Nous avons procédé à notre petite enquête, chère mademoiselle. Un individu, en effet, rôde depuis un certain temps autour de votre pension de famille.

– Pour me voler, n'est-ce pas?

– Hum... Pas exactement. Nous avons découvert que cette personne n'était autre que l'amant – ou l'un des amants, nous ne savons pas encore au juste – de votre jeune bonne, Fernande Verbedieu.

– Elle a donc des amants, cette petite sainte-nitouche?

– Et comme vous l'avez mise récemment à la porte...

– Elle déplaisait, par ses manières modernes, à M. Faucheverge, notre plus ancien pensionnaire. Le client a toujours raison, n'est-ce pas, monsieur le Directeur?

– Bien sûr, chère mademoiselle. Nous avons quelque peu réfléchi, au sujet du remerciement de votre jeune domestique... Et dans l'état où elle se trouvait au moment de sa mise à pied...

– Enceinte! Je m'en doutais.

– L'amant, désapprouvant votre geste – tout à fait légitime, cependant! –, s'est peut-être mis dans la tête l'idée de venger sa jeune amie... C'est une hypothèse.

– La venger en... en me tuant?

– Un exalté, qui sait? Un individu normal se contenterait de vous faire quelques niches...

Celui-ci, ayant sans doute un mobile plus intéressé derrière la tête, projette peut-être une entreprise plus... disons blâmable. D'ailleurs, les lettres anonymes que vous avez reçues et que vous avez bien voulu me confier nous éclairent d'une façon appréciable sur ce point.

Saint-Laurent-du-Maroni sortit les missives d'un dossier. Le texte, composé à l'aide de caractères d'imprimerie découpés dans des journaux, avait été collé sur la feuille de papier, selon le procédé classique employé par les corbeaux.

On pouvait lire cette menace :

VIEILLE SORCIÈRE!
TU NE PERDS RIEN POUR ATTENDRE. JE VENGERAI LA FERNANDE.
UN AMI.

ou cette macabre offre de collaboration :

IMMONDE SALOPE!
PUISQUE LA CAMARDE TARDE TROP À TE RECEVOIR EN SON SEIN, JE LUI DONNERAI UN COUP DE MAIN.
TON ANGE GARDIEN.

ou encore cet aimable avertissement :

BOURRIQUE RIDÉE!
TON HEURE – LA DERNIÈRE – APPROCHE.

La vieille frappa le tapis de sa chaussure :

– Le grossier personnage! Quand je pense qu'on aurait pu apprendre... Vous pensez bien, monsieur le Directeur, qu'avec un pareil courrier je n'ai pas voulu avertir la *vraie* police. J'essaie d'éviter le scandale. *Les Scabieuses* est une maison trop respectable. Je compte donc sur votre discrétion la plus absolue.

– L'agence *Zadigus* possède les propriétés du tombeau, mademoiselle.

– Croyez-vous quc ce monstre essaiera de...?

– Il essaiera, sans plus. Nous veillons sur vous, vous assurant une sécurité de tous les instants. Une sécurité « Zadigus ». Nous avons vu cette canaille traîner à plusieurs reprises à proximité de votre pension de famille. Mes hommes surveillent l'oiseau. Nous savons très bien, par exemple, que l'individu a fait récemment l'acquisition de...

– De quoi, monsieur le Directeur?

– D'un couteau de boucher.

– Mon Dieu! râla la vieille en nouant ses petites mains autour de sa gorge. Etes-vous certain qu'il ne vise pas mes seules économies?

– Si vous avez des craintes réelles, confiez-les-nous.

– Je demande à réfléchir.

Elle fouilla dans son sac :

– Ce matin, j'ai reçu une nouvelle lettre. Cette fois, il s'est enhardi : il l'a écrite à la main.

Elle tendit la missive au détective :

– Vous permettez? demanda Saint-Laurent-du-Maroni.

Il mit ses inutiles lunettes – pour faire

sérieux – et examina le billet. La partie supérieure de la feuille de papier avait été détachée. Il s'agissait d'un feuillet à en-tête commercial de chez Chauveau. Le policier privé reconnut la grosse écriture de Jack l'Eventreur :

Sale créature,

Je vengerai la petite bonne qui, sans travail, enceinte, s'est suicidée la semaine dernière, poussée par le désespoir. Tu ne verras pas les premières cerises.

– Elle s'est donc suicidée, fit la vieille.

– Oui. Noyade. Nous l'avons appris avant-hier.

– Suicidée! Est-ce ma faute, à moi? La flemme de lutter, quoi!

– Elle devait être désespérée.

– Vous conservez cette lettre, monsieur le Directeur?

– Non. J'en détiens suffisamment. Vous pouvez la garder. Mais ne la jetez pas. Ça peut servir.

Saint-Laurent songea que cela constituerait une preuve de plus pour perdre le boucher.

– Vous connaissez l'individu qui...? demanda la vieille.

– Je serai en mesure de vous dévoiler son nom d'ici quelques jours. Je vous ai déjà confié que je soupçonnais quelqu'un...

– Je me souviens. Alors cette brute, ce saligaud, ce serait lui?...

– Je pense, dit Saint-Laurent, à mi-voix. Mais pas un mot, s'il vous plaît. Motus. Laissez-nous faire. Le gaillard sera bientôt fait comme un rat, chère mademoiselle. Soyez sûre d'un fait : il sera arrêté.

– Par la vraie police?

– Absolument.

– Je respire.

Bien entendu, le détective s'abstint de préciser à sa cliente que le gaillard en question serait condamné à la peine capitale.

– Je vous donne carte blanche, monsieur le Directeur.

Déjà, le détective aidait la vieille dame à quitter son fauteuil et à gagner la porte :

– Par ici la sortie, mademoiselle.

Il revint à son bureau en se frottant les mains. Il se préparait à allumer sa pipe, songeur, quand il laissa son allumette brûler inutilement, se demandant : « Cet imbécile va-t-il seulement se décider à la tuer? »

IV

L'amant de la petite

Charles Chauveau, seul dans sa salle à manger, écrivit sur une feuille de papier maison :

Sorcière,

C'est pour très bientôt. Justice sera faite.

Il plia le feuillet en quatre, le glissa dans une enveloppe neutre qu'il libella comme suit :

Mademoiselle Renaude Montrepeu
Pension Les Scabieuses
4, rue Arnould-Galopin

Il alla poster la lettre. Il revint en sifflotant puis devint subitement songeur :

« Si on ne croit pas à ma culpabilité avec une lettre pareille... »

De retour dans son magasin, il prit discrètement un couteau à découper et alla l'affûter. Il gagna sa chambre à coucher, ouvrit le tiroir d'une commode et contempla la photographie d'une jeune personne blonde et souriante : Fernande, la petite bonne renvoyée de la pension Montrepeu. Une dédicace : *A mon gros canard chéri. Ta Nandine.*

« Pourquoi a-t-il fallu que cette petite soit mise à la porte? soupira le boucher. J'étais si tranquille! »

La nuit tombée, Chauveau sortit de chez lui et se dirigea vers la pension de famille Montrepeu, le cœur battant. La petite rue était déserte. Il s'arrêta sur le trottoir d'en face, considéra la façade endormie aux volets clos. Le silence le plus absolu régnait derrière le mur des *Scabieuses*. Chauveau n'ignorait point que les pensionnaires étaient des couche-tôt. La vieille demoiselle logeait au rez-de-chaussée.

Le boucher se dirigea vers la porte, exhiba un passe-partout que Lacenaire avait volé pour lui dans le magasin de son patron.

Au petit matin, on découvrit le cadavre de la propriétaire des *Scabieuses*, un couteau à découper la viande planté dans le cœur. Les tiroirs de la commode renfermant les économies de la vieille fille avaient été fracturés.

Les policiers commencèrent par interroger les pensionnaires. Certains d'entre eux avaient bien entendu quelques allées et venues vers minuit, mais ils s'étaient rendormis sans s'en inquiéter. Les enquêteurs apprirent qu'une jeune bonne, Fernande Verbedieu, avait été mise à la porte de la pension récemment. La domestique, qui avait regagné son village natal, s'était suïcidée une dizaine de jours plus tôt en se noyant dans la Garonne. L'autopsie avait révélé que la fille de maison était enceinte de cinq mois environ. Peu de temps avant sa mort, elle avait confié à une payse que l'auteur de ces œuvres, son amant, un honorable commerçant père de famille dont elle avait tu le nom, avait manifesté quelque réserve quant aux secours à lui prodiguer. Désespérée, ayant perdu sa place, traversant une crise aiguë de dépression nerveuse et se trouvant dans l'impossibilité de se payer une cure de sommeil, elle s'était donnée à cette bonne vieille Garonne qui, depuis des âges, accueillait volontiers les enfants malheureux de Gascogne.

Les policiers aiguillèrent leurs recherches du côté des relations de la jeune domestique. D'autre part, un inspecteur mit la main sur deux lettres anonymes manuscrites découvertes dans le sac de la victime. Ces écrits furent envoyés au laboratoire aux fins d'expertise.

Bientôt, les journaux annoncèrent :

L'ASSASSINAT DE LA BONNE DAME DES *SCABIEUSES*

L'assassin présumé a-t-il été l'amant de la jeune bonne congédiée?

Moins de vingt-quatre heures après la découverte du crime, on apprit avec stupéfaction que le papier ayant servi à rédiger la lettre anonyme venait de l'imprimerie Percheron, sise rue du Conseiller-Général-Tigrotin. Les policiers ne furent pas long à détenir la certitude qu'il s'agissait d'un modèle commercial exécuté pour le compte de la grande boucherie Chauveau. L'analyse de l'écriture, comparée à celle du boucher, fut concluante.

Au début de la nuit, Charles Chauveau était appréhendé dans son frigorifique et, malgré ses bruyantes et véhémentes dénégations, conduit dans les locaux de la brigade criminelle territoriale de la police judiciaire. De surcroît, on mit la main chez lui sur des bijoux ayant disparu de la commode fracturée de la victime, ainsi que sur une photographie de la jeune bonne, cliché agrémenté d'une dédicace révélatrice.

Les lampes inondaient cruellement de leur lumière l'épais visage en sueur du boucher. Le chœur des policiers le harcelait :

– Tu étais l'amant de Fernande, hein!

– A mon âge, voyons, messieurs...

– Tu es un peu vicieux, pourtant... En ville, on raconte que tu aimes « ça »...

– Je vous assure, messieurs... Ce sont les mauvaises langues qui...

– Obsédé sur les bords que tu es... On a retrouvé chez toi un tas de dessins pornos!

Les inspecteurs lui jetaient alors sous les yeux les paires de fesses, les nichons en pointe, les petits Eros à flèches et autres esquisses osées (1) qu'il avait crayonnées distraitement, dans des moments de désœuvrement, sur de petits carrés de papier.

– D'innocentes caricatures, messieurs... Je vous assure... Quel est l'écolier un peu précoce qui ne dessine pas les mêmes sur ses cahiers de brouillon?... De là à tuer quelqu'un!...

– Tu es un gros cochon!

– Mais enfin, messieurs... Je suis un commerçant respectable. Respectez au moins un veuf. Si ma pauvre femme vous entendait!...

– Misérable! Par-delà le tombeau, tu la trompais outrageusement!

– Vous êtes injustes et malveillants!

– Veuf... Veuf... Tiens, tiens... Raison de plus... Ça ne doit pas être drôle, pour un gaillard comme toi, de passer la nuit tout seul dans son plumard! Tu en pinçais pour la petite, pas vrai?

– J'ai cinquante-six ans, messieurs... Je suis revenu de toutes ces fredaines...

– Tu mens, goujat! Un gros type comme toi, ça en réclame! Avec toute la viande saignante que tu bouffes, tu dois avoir besoin d'amusement! Hein que c'est vrai ce que je dis là? C'est pas vrai tout ça, espèce de salaud?

(1) Nous ne sommes qu'en 1947.

– Et grossiers avec ça! Ah! elle est belle la police! Jamais des gens de Scotland-Yard ne se permettraient de pareils interrogatoires! Eux si stylés, si polis! Ah! être assassin britannique!... Ces gens ne connaissent pas leur chance!

– Et anti-français, par-dessus le marché! Malfrat!

– Parfaitement, messieurs! Les policiers anglais se comportent autrement avec les suspects! Vous n'avez qu'à lire les romans d'Agatha Christie, vous verrez! Quand je pense que Sherlock Holmes disait « vous » à ses suspects!

– Tiens! Prends ça dans ta gueule!

– Canailles!

– Nous, on ne cherche pas à te créer des ennuis, loin de là! Le juge sera peut-être plus doucereux, tu sais, mais plus dangereux. La photo de la petite, qu'on a trouvée dans ta chambre, ça veut dire quoi, au juste?

– Est-ce que je sais, moi?... C'est... c'est... peut-être à un de mes fils. A Auguste, par exemple. Il n'est pas marié. Il a bien le droit de s'amuser de temps en temps! Si vous croyez qu'on rigole tout le temps, dans la viande! Je voudrais vous y voir! Il aura égaré cette photo par inadvertance dans la commode de ma chambre, voilà tout.

– Tiens donc! Tu essaies d'accuser ton fils, à présent? Pour t'en tirer! C'est du propre!

– Jamais de la vie, messieurs! Vous m'ennuyez, à la fin, avec toutes vos insinuations ridicules!

– Ah! vraiment! Monsieur s'ennuie! Eh bien, on va se distraire un peu! Tu vas nous le dire,

ce qu'elle foutait dans ta chambre, cette photo?
– Voyez Auguste.
– Le fils, encore. Ton Auguste, il est hors de cause. On a vérifié, figure-toi. Pour le soir du crime, il a un alibi. Il était au bal. Il n'a pas quitté sa partenaire de toute la soirée : une négresse originaire du Zambèze.
– Oh! ces gens de couleur, vous savez...
– C'est la fille d'un adjudant de gendarmerie. C'est comme qui dirait qu'elle est un peu assermentée. Alors, tu couchais avec Fernande?
– Non... Je ne sais plus... Je ne sais plus...
– Amnésique? Tiens, bois un coup.
– Vous m'embêtez.
– Tu la dorlotais, hein? Pourquoi t'en cacher? Tu avais bien le droit d'avoir une maîtresse... Veuf... Gros mangeur... Si tu restais sage, pour toi c'était le coup de sang. Tu n'avais pas le choix. Les jurés le comprendront.
– Ah! les immondes individus... S'ils me voyaient, au club!...
– Au quoi?
– Rien... Rien...
– Alors, tu réponds?
– Flûte!
– Attention, ça va être ta fête! Et en musique!
– Je suis fatigué!
– La petite ne plaît pas à un pensionnaire. Effrontée, qu'il a dit. Mal élevée. La vieille Montrepeu la met à la porte. La petiote va pleurer dans ton gilet : elle est enceinte. Toi, à cinquante-six ans, tu as fait une blague de jeune homme! Mais avoue que, sur le coup, tu

as été un peu fier! Tu as peur du scandale. Tu lui conseilles de retourner chez elle, dans son bled. La pauvrette est désemparée. Elle descend dans le Midi et là-bas, à bout, se jette à l'eau. Tiens... si ça se trouve, c'est toi qui l'y as poussée...

– Ah non, messieurs! Pas la mort de cette petite, aussi! Non! Là, je proteste!

– *Là? Là* seulement?

– Je proteste contre toutes vos insinuations.

– Nous vérifierons ton emploi du temps... Peut-être t'es-tu rendu ces derniers jours sur les bords de la Garonne?

– C'est ça! Pendant que vous y êtes, imputez-moi tous les crimes commis dans le département! Ça vous évitera un surcroît de travail!

– La petite morte, tu es assailli par le remords. Tu as de la peine. Tu l'aimais bien, la petite! Tu as un coup de sang, quoi! Avec ton tempérament coléreux, la chose s'explique. Tu prends la décision de te venger de la vieille. Tu iras jusqu'à la menacer. Ces agissements n'ont rien de prudent, mais tu n'es pas un véritable criminel.

– Enfin un mot gentil.

– Tu es un homme en colère qui voit rouge, voilà tout. Tu ne vois pas plus loin que le bout de ton nez. Une lettre de menaces, écrite à la main encore! Et sur papier personnel. Tu arraches l'en-tête de la feuille, par prudence. Piètre précaution. Avoue qu'à ce moment-là, tu n'avais pas véritablement l'intention de tuer, mais seulement celle de faire peur.

– Mais je n'ai jamais eu l'intention de faire peur à quelqu'un. Je ne sais pas, moi... Je ne sais plus..., murmura le boucher qui, épuisé, commençait à mollir. Admettons que, sous le coup de la colère, j'ai envoyé cette lettre...

– Ah! tu vois! Tu avoues! Mais, crois-le, c'est ce que tu as de mieux à faire. Les lettres ont été passées au crible, l'écriture analysée par les experts. Tu en es bien l'auteur.

– Admettons, messieurs. Admettons.

– Alors... C'est oui?

– Ou...i. Je suis bien l'auteur de ces lettres anonymes. Impossible de vous le cacher plus longtemps. Mais je n'ai pas tué la vieille.

– Farceur, va! Pourquoi as-tu envoyé ces lettres?

– La colère...

– La colère ça vous fait écrire une lettre, deux au besoin... Mais pas un tas!

– Un tas? Mais je n'ai écrit que deux lettres.

– Menteur! Et ça? Et ça?

Un inspecteur brandit sous le nez du boucher un paquet de lettres anonymes confectionnées à l'aide de caractères d'imprimerie découpés dans des journaux et collés sur le papier.

– Mon Dieu! Où avez-vous trouvé ça?

– Ah! Ça te la coupe, hein! Figure-toi que la vieille Montrepeu éprouvait des craintes. Lorsqu'elle eut reçu ces lettres menaçantes, elle alla consulter une agence de police privée et confia les missives au type chargé de l'enquête. Celui-ci, dans un souci désintéressé de coopération, nous a remis ces bafouilles. D'après le détective privé – un type très zélé qui nous a rendu déjà pas mal de services –, la vieille avait peur de toi. Si elle négligea de s'adresser à la police officielle, c'est uniquement parce qu'elle avait peur du scandale.

L'inspecteur, implacable, poursuivit :

– Tu prends un couteau de boucher – tu n'as que l'embarras du choix –, tu t'introduis dans la pension de famille à l'aide d'un passe-partout – que l'on a retrouvé chez toi – et tu tues la vieille. Pendant que tu y es, tu fauches les bijoux. Ça pourra toujours servir. Allons, Chauveau, tu es cuit.

Le boucher eut un bon gros sourire :

– Pas moyen d'être cachottier avec vous, messieurs.

Mais son sourire disparut très vite. D'ici à quelques mois, il le savait, il rirait beaucoup moins. Cela commençait d'une manière administrative, dans un bureau de police, dans une atmosphère paperassière... Et cela se terminait lors d'une certaine aube, dans une cour...

– Alors, tu étais l'amant de la petite?

– Hé, oui!

– Où la retrouvais-tu?

– A droite et à gauche... C'était très discret.

– Tu aurais pu te contenter de corriger la vieille, de lui flanquer une raclée, par exemple...

– J'ai seulement voulu lui faire peur. Mais l'habitude a été la plus forte... Les bœufs, ils sont toujours là... Les vaches! Quand j'ai un couteau dans la main, vous savez...

– Evidemment, avec ces bon Dieu de professions...

– Ce fut plus fort que moi. Quand je me suis rendu compte qu'elle se préparait à hurler... Bien sûr, je regrette beaucoup. Mais le mal est fait. A votre avis, messieurs, honnêtement, sans vouloir me faire plaisir, qu'est-ce que je risque?

Pour toute réponse, un inspecteur lui présenta le procès-verbal de ses aveux :

– Tiens, signe ici.

V

L'avocat de Charles Chauveau

Gilberte Hanzard – Annie Capendu sur les planches – venait de reprocher pour la nième fois – c'en était fatigant – à son époux, le séduisant Madame Lafarge (tempes toujours grisonnantes, air toujours affable, encore remarquablement svelte pour ses cinquante-six ans) de se trop tripoter souvent la braguette, mimique anodine devenant cependant, lorsque le pharmacien lui donnait la réplique, un véritable sacrilège.

Gilberte Hanzard – Annie Capendu sur les affiches des tournées Janviard – reprit :

– « Ah! si vous l'aviez entendu, M. Georges, quand il a découvert les lettres, après la guerre!... Il a pourtant l'air doux comme un mouton. Eh bien, je peux vous assurer que ça bardait! »

Madame Lafarge, tirant sur sa pipe en écumant, demeurait songeur.

– Eh bien, Jérôme! J'attends. Ça vient?

– Euh, oui... Le valet de chambre.

– Ne dis pas chaque fois « Le valet de chambre », sinon nous n'en finirons pas. Donne ta réplique comme si tu étais le valet de chambre, un point c'est tout.

– « Tu veux que je te dise... »

– Attends. Je recommence tout.

Elle reprit depuis le début la scène 1 du deuxième tableau du *Voyageur sans bagage* de Jean Anouilh, pièce dans laquelle elle devait interpréter le rôle de Juliette, la femme de chambre. La tournée devait être faite dans le midi de la France, la Suisse et le Luxembourg. Le départ aurait lieu dans huit jours.

Gilberte Hanzard débita sa réplique.

– « Tu veux que je te dise, fit Hanzard sans conviction, il avait raison, cet homme. »

JULIETTE-GILBERTE *(furieuse)*

– « Comment! Il avait raison? Est-ce qu'on cherche des pouilles aux morts? C'est propre, toi, tu crois, de chercher des pouilles aux morts? » (1)

– C'est tout de même curieux, fit Hanzard, pensif, prenant un journal.

– Quoi! jeta Gilberte, excédée. Qu'est-ce qui est curieux? Ce n'est pas dans le texte!

– Non, bien sûr... C'est à propos de Chauveau... L'assassin.

(1) Les répliques mises entre guillemets sont tirées de la pièce de Jean Anouilh, *Le Voyageur sans bagage.*

– Tu m'ennuies, avec ton boucher. Sous prétexte qu'il fréquentait le même café que toi, tu en parles sans arrêt.

– Le même *café*, en effet...

– Depuis le début du procès, tu n'arrêtes pas de parler de cette sombre brute. Je ne vois pas du tout en quoi il peut t'intéresser. J'espère bien qu'on lui coupera la tête.

– Il y a *longtemps* qu'il s'y attend, tu sais.

– Reprends à « il avait raison, cet homme ».

– « Il avait raison, cet homme. » C'est tout de même curieux...

– Ah! non! Non et non!

Gilberte Hanzard lança sa brochure à travers la pièce et, furieuse, se mit à trépigner. En colère, elle était encore plus jolie, plus appétissante. Naturellement, durant les tournées, Hanzard était cocu.

– Où veux-tu en venir, Jérôme?

– Excuse-moi, ma chérie, mais je trouve bizarre que Chauveau, qui a avoué son crime à la police presque sans se faire prier, se mette à clamer son innocence aux assises. On dirait qu'il regrette.

– Qu'il regrette quoi?

– D'avoir avoué, tiens.

– Cela me paraît fort simple. Il espère mettre le doute dans l'esprit des jurés, voilà tout, conclut Gilberte, passant docilement d'Anouilh à Jack l'Eventreur.

– Les jurés, bien sûr... Mais je me demande ce qu'il espère... Quand on a un crime sur la conscience, tu sais...

– Cette tactique lui a peut-être été suggérée par son avocat. Se mettre à nier tout en bloc.

– A l'audience d'hier, il a affirmé que les policiers l'avaient brutalisé, qu'il avait reçu des coups...

– Bien sûr. Toujours la même histoire. C'est connu. Son avocat lui a soufflé ça.

– Son avocat..., répéta Hanzard, l'esprit saisi par une image déplaisante. Tu crois qu'il lui a *tout* raconté, toi, à son avocat?

– Tout raconté quoi?

– Bah, je ne sais pas, moi... L'histoire de son crime.

– Dans le secret de la cellule, tu sais... les assassins peuvent déballer leur sac jusqu'au fond.

– Même lorsqu'au fond de ces sacs, se trouvent des choses *encore jamais vues*?

– Que veux-tu dire, Jérôme?

– Rien... Je... Je... Enfin, j'imagine que Chauveau devait bien avoir ses *petits secrets*...

– Comme tous les assassins, bien sûr. Dans les cellules, face aux avocats, ces gens-là parlent. Ces confidences-là sont inévitables. On ne doit rien cacher à son défenseur. Mais *rassure-toi,* Jérôme, il y a le secret professionnel.

– Tu crois qu'on ne peut vraiment rien leur cacher? frémit Madame Lafarge.

– Enfin, c'est ce qu'on raconte. Tu ne m'en voudras pas, mon gros loup, mais je n'ai pas encore tenté cette expérience. Un bon avocat – et Me Lacharrue en est un – inspire confiance.

Il sait faire parler son client. Et c'est indispensable pour la constitution du dossier.

– Faire parler... Il a *dû en apprendre,* alors!

– Cette blague! Tu te figures peut-être que Moro-Giafféri ne connaît pas le secret de Landru?

– Le secret de Landru, bien sûr...

« *Mais le secret de Chauveau?* » pensa Hanzard, pris d'une nausée.

– Et... et, à ton avis, bredouilla-t-il, Moro-Giafféri garderait ce secret pour lui?

– C'est fort probable. En tout cas, publiquement, oui. Je ne dis pas que dans l'intimité, en présence d'amis sûrs...

– Chauveau aurait-il un secret? demanda hypocritement Hanzard.

Gilberte éclata de rire.

– Ce bon gros boucher sans imagination! Bien terre à terre. Tu veux rire? Cela m'étonnerait fort. En tout cas, il a certainement raconté à Lacharrue son crime dans ses moindres détails. Ce qui l'a amené à commettre ce crime, par exemple.

– Ce qui l'a amené... Oui... bien sûr...

– Mais sois tranquille, Me Lacharrue aura tout gardé pour lui. Un avocat est discret comme la tombe.

Madame Lafarge se demanda si, *lorsqu'il aurait à son tour un avocat,* il lui dévoilerait le secret du club. Non... Toute réflexion faite, Chauveau n'avait pas dû – pas plus que les membres condamnés précédemment –, dans l'intimité, le silence profond de sa cellule, en souffler mot au maître du barreau. D'ailleurs, eût-il parlé que Me Lacharrue eût immanquablement plaidé la folie, et non, comme c'était le cas aujourd'hui, l'innocence et les aveux sans fondement extorqués par la brutalité policière.

« Moi, décida en son for intérieur le pharmacien, je raconterai tout à mon défenseur. »

Prévoyant, il envisageait ainsi d'échapper coûte que coûte à la guillotine, au mépris des lois du club. Une bonne petite fin de vie dans un hôpital psychiatrique était, somme toute, cent fois préférable. Gilberte pourrait lui rendre visite. Peut-être sa troupe viendrait-elle donner des représentations à l'asile? Il ne serait pas classé dans les dangereux. Il aurait donc droit aux spectacles. Il était même prêt à tout raconter aux psychiatres pour leur faire admettre qu'il était un tantinet dérangé. Vingt-huit années de club représentaient une solide référence.

Extrait du *Mémorial* :

26 septembre 1947

Exécution capitale de Charles Chauveau dit Jack l'Eventreur, occupant le fauteuil de l'Assassin depuis le 30 décembre 1940, condamné à mort pour l'assassinat de Mlle Montrepeu, propriétaire de la pension de famille les Scabieuses.

En conséquence, et en vertu des statuts du club :

MADAME LAFARGE,	*du*	*fauteuil 2*	*passe*	*au*	*fauteuil*	*de l'ASSASSIN*
LE V.D.D.,	*du*	*fauteuil 3*	*passe*	*au*	*fauteuil*	*2*
LANDRU,	*du*	*fauteuil 4*	*passe*	*au*	*fauteuil*	*3*
LACENAIRE,	*du*	*fauteuil 5*	*passe*	*au*	*fauteuil*	*4*
HITLER,	*du*	*fauteuil 6*	*passe*	*au*	*fauteuil*	*5*
RAVACHOL,	*du*	*fauteuil 7*	*passe*	*au*	*fauteuil*	*6*

Bonnot, nouveau membre, prend le fauteuil de Ravachol et devient numéro 7 de notre club.

Profession du nouveau membre : pilote d'automobile de course.

Accueil du nouveau membre.

Speech du récipiendaire.

Eloge de Jack l'Eventreur.

Réponse de bienvenue prononcée par Ravachol.

7

LES AFFRES DU PHARMACIEN

I

Plus que six...

Jérôme Hanzard fut appelé à « quitter le club » au mois d'août 1948, un an à peine après son ami Chauveau.

Cette « sortie » ne se passa pas aussi facilement qu'on est en droit de le supposer. Madame Lafarge manifesta de sérieuses réticences.

Fin juillet, lorsque l'agaçant Saint-Laurent-du-Maroni se présenta aux membres du club – certains d'entre eux, en cette période de vacances, avaient dû parcourir plusieurs centaines de kilomètres pour être en mesure d'assister à la réunion – avec un nouveau « dossier » sous le bras, les effectifs de la petite association ne s'élevaient plus qu'à six. Pour la première fois depuis la création du sinistre cénacle, en effet, un fauteuil n'avait plus sa raison d'être. Observant à la lettre les clauses dictées par les statuts, la Secrétaire-Présidente n'avait pas procédé au remplacement du membre disparu. La règle était formelle : seule une « sortie » réglementaire permettait de recourir au bouche-trou classique.

Le détenteur du fauteuil nº 7 – tout récemment admis chez les « Vampires » –, le membre Bonnot, s'était tué dernièrement à Monte-Carlo, au cours d'un rallye automobile. Il était donc mort en toute innocence, les mains nettes.

On pouvait trouver dans les archives du club les articles de presse relatifs à la mort accidentelle du nº 7 :

LE COUREUR AUTOMOBILE FRANTZI SE TUE EN AUTOMOBILE AU RALLYE DE MONTE-CARLO.

Le jeune espoir de la route a heurté une borne kilométrique dans un virage, en début de course, alors qu'il n'était qu'en queue de peloton.

– Dorénavant, avait annoncé la petite-fille de Dracula, alors âgée de quarante-six ans, nous ne sommes plus que six. Naturellement, il n'y a pas lieu de pourvoir à l'utilisation du fauteuil 7. Bonnot, qui n'a pas voulu – ou pas pu – mourir comme ses camarades, restera sans successeur.

Plus que six...

Désormais, le « tour » de chacun des futurs membres viendrait plus vite. Le nouvel admis, qui bénéficierait du départ de Madame Lafarge, se trouverait d'emblée installé sur le fauteuil 6.

Quant au fauteuil 7, désormais inutile, le

domestique sourd-muet le montait déjà au grenier...

II

Hanzard fuit ses responsabilités

– Qu'est-ce que c'est que cette victime? s'enquit Madame Lafarge, inquiet.

– Un bien sale crime, répondit Saint-Laurent-du-Maroni. Je m'excuse, mais c'est votre tour... Je n'y suis pour rien... Ça *tombe* sur vous. Il s'agit d'un homme remarquable... qui sera à coup sûr très regretté.

Madame Lafarge souleva une objection :

– Pourquoi cet homme « remarquable » doit-il mourir? En voilà une idée!

– C'est un ancien marin, poursuivit le pourvoyeur du club. Spécialiste des sauvetages de naufragés. Des centaines de rescapés lui doivent la vie. Il a évité la noyade à d'innombrables estivants imprudents. Une espèce de Saint-Bernard maritime, si vous voulez. Il a, du reste, sa statue à Brest. Statufié de son vivant, hé oui! Ce n'est pas un mince honneur! Il s'est retiré voici cinq ans dans notre ville et sa fortune personnelle lui a permis d'y fonder un hospice pour vieillards indigents. Ses pauvres l'adorent et se feraient couper en morceaux pour lui.

– Je crois savoir qui c'est, fit Madame Lafarge, d'une voix tremblante. C'est le capitaine Le Goëlec.

– Yves-Anatole Le Goëlec. Exact.

– Mais c'est impensable! Accusé d'avoir causé volontairement la mort d'un tel homme, je serai sûr d'être...

– Auriez-vous des velléités d'innocence, mon cher?

– Trouvez-moi une autre victime! lança avec force le pharmacien. Puisque je dois avoir à tout prix un crime sur la conscience... Nous devrions avoir au moins le droit de choisir! Ces sélections sont absurdes!

– Mon vieux, répliqua le détective, adressez-vous à la patronne. Le bureau des pleurs, vous savez où il se tient. Moi, j'ai préparé mon dossier en toute impartialité, vous pouvez m'en croire. A présent, c'est à vous de *jouer*.

– Et si je refusais? fit Hanzard, se dressant sur son fauteuil avec intrépidité.

Le policier marron soupira.

– Allons, Hanzard! Pas d'enfantillages. Vous savez trop bien à quelles déplorables conséquences donnerait naissance votre conduite indisciplinée. Je vais tout de même – pour le cas où vous auriez perdu la mémoire – vous rappeler ce qui arriverait. Vous refusez d'abattre le capitaine. Très bien. Mais puisque, de toute façon, le capitaine *doit* mourir, ce sera au numéro deux – le V. de D. – de se charger de ce crime. Or, ce n'est pas son tour. Il refusera donc. Et il aura raison. Pendant ce temps-là, le capitaine attendra toujours son assassin. Et il faudra aller vite. Car si nous attendons, nous autres, avec nos chamailleries ridicules, nos « c'est à toi! non, c'est à lui! vas-y, toi! », et je te pousse en avant et je refuse d'y aller, la Mort, elle, n'attend pas! Le V. de D. déclarant forfait – refus très légitime de sa part –, Landru sera désigné, et ainsi de suite. Il n'y a aucune raison pour que les membres entrés au club après vous commettent leur crime avant vous. Ce genre de politesses n'a pas cours chez nous. Par votre entêtement, vous risqueriez de bloquer toute la mécanique de l'association. Vous tuerez donc le « client » désigné par mes soins. Si vous vous obstinez dans votre réticence, le membre suivant tuera pour vous. Mais à un seul prix : celui de votre suicide. Vous savez, cher ami, pour aller chez la Mort, il n'y a pas trente-six portes. Eh bien? Que répondez-vous?

– Je ne me suiciderai pas! cria le pharmacien, devenu comme fou, tout à coup.

– Rassurez-vous, nous vous donnerons un coup de main. Et la preuve de votre suicide est inscrite en toutes lettres dans la missive que vous avez adressée au commissaire de police il n'y a pas trois semaines. Cette lettre se trouve ici, dans le coffre-fort. Vous y déclarez votre intention de mettre fin à vos jours. Nous sommes prêts à poster cette confession au moment voulu. Elle n'a pas été datée, mais le cachet de la poste jouera son rôle. Trois semaines sont un laps de temps beaucoup trop court pour causer le vieillissement de l'encre ou du papier. La police croira que vous avez écrit cette lettre très peu de temps avant votre mort. Aussi avons-nous soin de procéder, une fois par mois environ, à la Cérémonie de la lettre, et ce dans le seul souci d'avoir constamment dans le coffre-fort une lettre de suicidé « fraîche » par membre. D'autre part, il existe un autre moyen de vous punir. L'occupant du fauteuil 2, se voyant obligé de commettre le crime à votre place, n'ayant plus rien à perdre, peut également – *en passant* – vous tuer aussi. Il vous reste une échappatoire : vous placer sous la protection de la police. Mais, tôt ou tard, vous vous trouveriez de nouveau seul, à notre merci. Dévoiler le secret du club aux flics? Impossible. Vous vous accuseriez – en nous perdant – de complicité d'assassinats et de non-intervention en faveur de personnes en danger de mort. Nous vous tenons, Hanzard. Ne faites pas la bête.

– Quand on a vingt-neuf années de club sur les reins, on ne le quitte pas comme ça, Hanzard, intervint la Secrétaire-Présidente. Vous êtes entré chez nous en 1919. Par votre silence, votre non-intervention plusieurs fois répétée, vous avez trempé dans six affaires criminelles, été complice de Ravaillac, de Cartouche, de Raskolnikov, de Gilles de Rais, de Troppman et de Jack l'Eventreur. Allez donc raconter les « dessous » du club à la police, on rira bien!

– Mais pourquoi, dit Madame Lafarge, ne pas arrêter tout simplement la marche inexorable du club? Rester bien tranquilles dans nos fauteuils, rien que nous six, ne plus admettre de nouveaux membres, jouer au bridge ou discuter politique au lieu de préparer des assassinats? Ne serait-ce pas plus raisonnable?

– A quoi servirait le club, alors? s'exclama la Secrétaire-Présidente, outrée. Auriez-vous oublié les suprêmes volontés du Vampire? Notre association est une association *perpétuelle* et sans cesse en mouvement. Ah! mon Dieu! Est-ce que les autres ont fait tant d'histoires pour nous quitter? Ma parole, Hanzard, nous allons finir par croire que vous êtes un lâche.

Le pharmacien baissa la tête.

– Auriez-vous le front, poursuivit la Secrétaire-Présidente, de laisser passer devant vous votre camarade le V. de D.?

L'instituteur fit mine de donner des signes de protestation.

– Non... bien sûr..., bredouilla Hanzard. Je ne ferais pas une chose pareille à ce brave Cerisier... Je me trouvais au club depuis treize ans lorsque nous l'avons accueilli au sein de notre compagnie... J'aurais des scrupules à lui laisser ma place.

Dompté, le pharmacien s'étonna :

– Mais qui pourrait bien avoir intérêt à assassiner ce brave capitaine? Qui a sa statue à Brest et ses pauvres dans notre ville! Franchement, je n'entrevois pas le moindre mobile...

– La jalousie, peut-être? émit Landru.

– Vous êtes fou! Moi, pharmacien de Ire classe, jaloux d'un marin?

– Autre *petit détail,* Hanzard, intervint Saint-Laurent-du-Maroni. Vous allez devoir tuer Le Goëlec à coups de hache.

– Mais, à la fin, pour qui me prenez-vous? éclata le pharmacien. Non seulement on me fout un philanthrope, mais je dois aussi me transformer en équarrisseur! Je ne suis quand même pas Chauveau, nom de nom! Lui, au moins, il a eu droit à l'arme de sa profession : un couteau. Pourquoi ne me laisse-t-on pas me servir de poison? J'en vends, du poison! J'en ai plein ma boutique, à tel point que je ne sais plus quoi en foutre!

– C'est la hache ou rien, Hanzard.

– Ah! vous êtes arrangeant, ça fait peur.

– Soyez raisonnable. Restez le clubman stylé que vous avez toujours été.

– Je ne veux pas être mêlé à ce crime. Cette tuerie à la hache me dégoûte. Ce n'est pas mon style.

– Vous savez, Hanzard... Un assassin de votre trempe, ça a des ressources... Avec votre bagou... Et puis vous êtes un malin, ne dites surtout pas le contraire. Avec votre intelligence et un bon avocat, vous pouvez échapper à la guillotine, finir bien pépère votre existence en maison centrale. C'est tout de même préférable, non? Avec votre bagage médical, on vous donnera une place à l'infirmerie, et ma foi... vous serez toujours en vie.

– Un bon avocat, oui... Oui, dans le fond... Je ne sais plus... Je ne sais vraiment plus... Je suis acculé. Fait comme un rat.

III

Un mobile

– Je vous ai trouvé un mobile, fit Saint-Laurent-du-Maroni.

– Ah?

Madame Lafarge tendit l'oreille.

– Voilà. Vous devez vous présenter à la prochaine élection législative partielle, nécessitée par la mort du député Chabinet.

– Oui, en tant que D.C.P.L. Démocrate civique pour la Liberté.

– Bien. J'ai appris que le capitaine Le Goëlec envisageait, de son côté, de poser sa candidature sur la liste I.M.R.U. (Intérêts municipaux de Rénovation urbaine). Beaucoup de voix se porteront sur son nom. La plupart des pauvres, des petits commerçants, des vieillards... Tout ce qui est petit, humble et, donc, déteste la politique, se tournera vers lui... Vous allez donc le tuer pour vous débarrasser d'un concurrent gênant. Le voilà, votre mobile.

– Le voilà, en effet. Vous en avez de bonnes...

– Voyons, Hanzard! Un homme comme vous ne tue pas pour des broutilles! Vous êtes tout de même un homme sérieux, d'aplomb d'esprit!

– J'en viens à me le demander, voyez-vous, murmura le pharmacien, plaquant une main fébrile sur sa braguette et tirant sur sa pipe.

Est-ce que le jury s'en convaincra si aisément? D'abord, si je tue pour un motif politique, on s'arrangera pour me dorloter. J'aurai une cellule toute pour moi, confortable, des petits plats, les journaux... Je ne ferai que deux ans au grand maximum. Vous savez très bien que les crimes les plus dégueulasses, ce sont ceux que commettent les apolitiques...

– Mais non. Votre forfait sera *très* horrible, ne perdez pas ça de vue. Bien que politicien, on vous traitera comme un véritable criminel.

– Vous croyez?

– Ne vous tirebouchonnez donc pas l'esprit comme ça, vous allez vous rendre malade.

– Ce capitaine... Je ne peux vraiment pas l'empoisonner? demanda Hanzard, revenant à la charge.

– Je ne pense pas que ce soit faisable, répondit le détective, avec regret.

Jérôme Hanzard arrêta sa voiture sur la place du village. La ville se trouvait à une trentaine de kilomètres. Ici, nul ne le connaissait. Il monta à pied la grand-rue, tourna à gauche après le cimetière, marcha un moment et parvint, à l'entrée d'un bois, devant une maisonnette sans étage qu'on louait en général durant l'été.

Sur la porte de la bâtisse, une plaque : *Sam'Convient*. Le pharmacien sortit une clef de sa poche, l'enfonça dans la serrure, entra. Les persiennes étaient fermées. Il alluma. Dans la pièce principale, un certain désordre régnait. Dans un coin, au pied d'une lourde horloge paysanne, se trouvait une grosse hache dont le tranchant était enveloppé dans une page de *Ce Matin-Le Pays.*

Le pharmacien sursauta à la vue de l'arme de *son* crime.

Il ouvrit une armoire. Elle était vide; juste deux ou trois cloportes engourdis. Il tourna en rond dans la pièce, les poings sur les hanches, indécis.

« Viendra-t-il vraiment se jeter dans cet absurde guet-apens? » se demanda-t-il.

– Cesse de boire, mon chéri. Tu n'es même plus capable de me donner la réplique. Et ta main tremble! Tu as l'air d'un vieux sénile.

Hanzard eut envie de démontrer à sa femme qu'il n'en était rien, mais il n'en avait vraiment pas le courage.

Gilberte Hanzard, agacée, referma le Courteline et le posa sur un meuble.

– Tu te souviens de l'hallucination que j'avais eue, Gigi?

– Quelle hallucination?

– Oui. Enfin, le pressentiment, si tu préfères. Confirmé par une voyante, d'ailleurs.

– Tu consultes les voyantes, à présent?

– Comme ça... Pour m'amuser... Cette fameuse visite remonte à pas mal de temps... Cependant... rien que de me remémorer sa prédiction, j'en ai encore froid dans le dos.

– Tu as le vin lugubre, Jérôme.

– Elle m'affirma que je finirais guillotiné.
– Encore ton idée fixe! Ma parole, tu ne lis pourtant pas de romans policiers. Tu as envie de tuer quelqu'un, mon chéri? lui demanda-t-elle en lui posant une main sur le front et en lui retirant son verre.
– *Envie?* Tu plaisantes!
– Je ne pense pas qu'il soit possible de plaisanter avec toi en ce moment. Ne reprends pas ce verre et pose cette pipe. Tu as assez fumé ce soir.
– M'imagines-tu tuant quelqu'un, Gigi?
– Encore!
– Oui, encore. Réponds-moi.
– Tu recommences!
– C'est sérieux, Gigi. La nuit dernière, j'ai rêvé de la voyante. Elle prononçait les mêmes paroles... J'en avais la chair de poule, je ne parvenais pas à me dégager de ce cauchemar.
Il marqua un court silence.
– Connais-tu le capitaine Le Goëlec, Gigi?
– Le bienfaiteur? Ce vieux fou?
– Ce vieux fou, oui.
– Il est connu. J'en ai vaguement entendu parler, comme tout le monde.
– Eh bien...
Hanzard tenta de se lever, mais terrassé par l'alcool, retomba dans son fauteuil.
– Eh bien, hoqueta-t-il, je vais le tuer.
Il eut un gloussement hilare :
– A coups de hache! C'est beau, n'est-ce pas? C'est propre! Moi, un pharmacien de première classe!

– C'est cela, mon chéri. A coups de hache. Et tu seras condamné et guillotiné. Allons, pose ce verre et viens vite au dodo.

IV

Drôle de rendez-vous

A l'asile de vieillards Saint-Tiburcet, une fête était donnée. Des guirlandes décoraient l'entrée.

Dans le préau d'honneur, de longues tables avaient été dressées. Cent cinquante vieux, légèrement éméchés par les vins généreux qui avaient arrosé le festin, attaquaient l'entremets – de la bombe glacée à l'ananas – et, la bouche pleine, les yeux brillants, leur vieille tête branlante agitée par un rire saccadé, louaient la bonté du Président – le capitaine Le Goëlec – qui, à une extrémité de l'enfilade de tables, entouré du personnel de l'établissement, contait ses souvenirs de sauveteur maritime.

Un infirmier fit son entrée dans le préau, une enveloppe bleue en main. L'homme se glissa furtivement vers le vieux loup de mer et, se penchant, lui murmura quelques mots à l'oreille en lui remettant la lettre.

Le capitaine prit connaissance de ces quelques mots dactylographiés :

Je dois vous parler immédiatement. Question de vie ou de mort.

– Que signifie cette plaisanterie? murmura Le Goëlec, sceptique.

Il posa néanmoins sa serviette, se leva et suivit l'infirmier. Lorsqu'ils ne furent que tous les deux, dans un corridor, le marin questionna :

– Qu'est-ce que c'est que ce type?

– Un monsieur plutôt bien, mon capitaine. L'air correct. Dans les cinquante ans. Bien poli, du reste.

– Vous le connaissez?

– Il me semble l'avoir déjà rencontré en ville. Mais je ne saurais vous dire où exactement.

– C'est un inspecteur de police?

– Il ne m'a rien dit. Sûrement pas. Sinon il aurait montré sa médaille. Il m'a juste demandé de vous remettre cette enveloppe sur-le-champ en me précisant qu'il vous attendait dans le hall d'entrée.

– Bien... Laissez-moi, Jaffoutet.

– A vos ordres, mon capitaine.

Le Goëlec entra seul dans la petite salle d'attente qui se trouvait à l'entrée de l'asile. Hanzard était là, debout, nerveux, délaissant sa braguette mais tirant furieusement sur sa pipe en écume.

– Capitaine Le Goëlec.

– Enchanté. Jérôme Hanzard.

– Ravi. Ah! mais je vous connais! C'est au sujet de la partielle?

– Quelle partielle?

– Enfin... l'élection du 27 septembre. Auriez-vous oublié? Je vous rappelle, cher monsieur, que nous ne nous présentons pas sur la même liste.

– Je ne viens pas pour une question politique.

Le pharmacien, méfiant, observait à la dérobée les portes vitrées.

– Vous êtes certain que l'on ne nous écoute pas? demanda-t-il.

– Il n'y a rien à craindre. Que désirez-vous, cher monsieur?

– Tout d'abord, je tiens à m'excuser de vous avoir dérangé au milieu de votre banquet.

– Du tout... Du tout...

– Mais le temps pressait. Voilà. Je viens vous avertir d'un grave danger qui vous menace.

Le capitaine parut intéressé.

– Un danger? Hé! Hé! Vous savez, monsieur, le danger et moi faisons un peu route commune depuis déjà bien longtemps.

– Ce danger-là est bien précis... et imminent. Il ne vient pas de la mer. Il s'agit de votre mort.

– Plaît-il?

– On se prépare à vous assassiner, capitaine.

– De quoi vous mêlez-vous? Le Goëlec n'a pas l'habitude de fuir devant le danger.

– Je vous en supplie... Partez... Quittez la ville pendant quelques jours... On cherche à vous attirer dans un guet-apens.

– Vous semblez avoir plus peur que moi, constata le marin d'une voix ferme. Amusant.

– Ce n'est plus qu'une question d'heures...

– Vous divaguez, mon ami.

– Croyez-moi. Je suis parfaitement renseigné.

– Et pourquoi me tuerait-on?

Le capitaine regardait le pharmacien bien en face; ses yeux bleus dans sa face tannée et ridée exprimaient la franchise et la rudesse des gens de mer. Au contraire, le regard de Hanzard devenait fuyant.

– Parlez, monsieur! intima le capitaine. Mes pensionnaires m'attendent.

Non loin, un chant aviné – *le Temps des Cerises* – s'élevait, entonné par les vieux qui devaient en être aux liqueurs.

– Ce serait trop fastidieux à vous expliquer, fit Hanzard. Je vous parlerai seulement d'une chose : ce soir, vous devez vous rendre en rase campagne, à trente kilomètres d'ici, dans une villa appelée *Sam'Convient.*

– En effet. Vous êtes bien renseigné.

– Vous voyez!

– J'ai effectivement rendez-vous là-bas. Un mystérieux coup de téléphone m'a invité à me rendre dans cette baraque, ce soir.

– Eh bien, l'auteur de ce coup de téléphone, c'est moi.

– Pourquoi tous ces mystères, alors? Vous ne voulez plus que je me rende là-bas? Ah! je vois... Vous avez avancé l'heure du rendez-vous. Vous êtes venu me trouver ici, pour gagner du temps. Parfait. Allons, d'homme à homme, c'est pour me dissuader de me présenter devant les électeurs, n'est-ce pas? Alors je vous réponds tout de suite : rien à faire. Vous perdez votre temps, cher ami. Et je n'accepterai pas un centime. Toutes les voix des vieux de la ville me sont d'ores et déjà acquises.

– Il n'est pas du tout question d'élections. Comprenez-moi : je *dois* vous tuer. On m'y oblige.

Le capitaine éclata de rire.

– Vous, tueur à gages? Vous? Un pharmacien?

– Tueur... mais sans gages. Je dois tuer pour remplir des obligations contractées antérieurement... pour une raison qu'il serait fastidieux d'exposer ici.

– Bon. Admettons. Et vous devez me tuer dans cette villa isolée?

– Oui. Mon arme se trouve là-bas.

– Pourquoi ne pas l'avoir apportée ici? ironisa Le Goëlec. Vous auriez pu me tuer dans cet asile...

– C'est que... l'arme est un peu encombrante. Il s'agit d'une hache.

– Ah! je vois! s'exclama le vieux navigateur, plus amusé qu'intrigué. Encombrant, évidemment. Et vous ne voulez plus me tuer, je parie?

– Non. D'ailleurs, jamais je n'ai vraiment songé à accomplir une chose pareille. Je n'ai rien contre vous.

– Vous êtes gentil. Eh bien, je vais vous proposer une solution très simple et qui donnera satisfaction aux deux parties : ne me tuez pas. Vous aurez droit à ma gratitude éternelle.

– C'est que... ce n'est pas si facile. Si vous vous rendez à la villa...

Le Goëlec leva les bras :

– Mais puisque le rendez-vous est annulé!

– Non. La journée n'est pas terminée. Vous risquez fort de recevoir d'autres appels téléphoniques. Un inconnu vous demandera vraisemblablement de vous rendre quand même dans cette maison isolée. Cet interlocuteur, ce ne sera pas moi. J'ignore ce qu'il vous racontera, mais vous serez tenté de vous rendre là-bas s'il vous y invite.

– Tout de même! Réfléchissez! Dès l'instant que vous n'y allez pas, vous, je ne risque rien!

– Erreur.

– Un autre me tuerait?

– Non. Nul autre que moi ne peut vous tuer.

– Eh bien, c'est très simple : ne mettez pas les pieds dans la villa cette nuit.

– Ce n'est pas si simple que vous le croyez, capitaine. Si vous vous rendez à la villa, je serai obligé de m'y rendre également.

– Elle est bien bonne, celle-là! Contre votre volonté?

– Hélas.

– Nous ne sommes point attachés l'un à l'autre, que je sache?

– C'est pire.

– Je ne comprends pas, insista Le Goëlec, un peu dérouté.

– Je suis... euh... téléguidé. Votre présence cette nuit dans la villa y entraînera automatiquement la mienne. C'est inéluctable. Impossible de faire autrement. Je tiens à vous sauver la vie, capitaine, car en sauvant la vôtre, je sauve la mienne. Ne mettez pas les pieds dans cette maison.

– Vous commencez à m'allécher... Ecoutez-moi. Il se trouve que cette situation insolite excite ma curiosité au plus haut point. De toute façon – nouvel appel téléphonique ou non –, je me rendrai cette nuit dans la villa.

– Je vous en conjure! haleta Madame Lafarge. N'y allez pas! Vous signeriez votre arrêt de mort.

– J'irai, fit Le Goëlec, intraitable, aiguillonné par l'attrait du risque.

– Mais, malheureux, si vous y allez... j'irai aussi!

– En ce cas, j'apporterai une bonne bouteille et nous la viderons ensemble. Un assassinat, diable, ça s'arrose!

Madame Lafarge se rendait compte qu'en tentant de soustraire le capitaine à l'assassinat qui lui était promis, il n'avait réussi qu'à le faire courir un peu plus vite vers la mort. Il n'avait pas compté sur le caractère risque-tout du marin.

Il tenta une nouvelle persuasion. Peine perdue. Le Goëlec ne l'écoutait plus que d'une oreille ennuyée.

Hanzard dut prendre congé, accablé.

– A ce soir, plaisanta le capitaine.

Le pharmacien quitta l'asile le cœur torturé à l'idée qu'il n'avait pu sauver – qu'il ne pouvait plus sauver – sa victime désignée, non point de la mort, mais du monstrueux coup de hache qu'il était chargé de lui assener sur le crâne.

Deux heures plus tard, on demanda le capitaine Le Goëlec au téléphone.

– Allô. Le Goëlec à l'appareil.

– Sur la route de Saint-Paraclet, après la borne 783 et le bois de noisetiers précédé d'un calvaire du XVIIIe, il y a un petit chemin de traverse qui s'en va sur la gauche. A une centaine de mètres, juste après un étang, se trouve une villa... Une bâtisse isolée : *Sam'Convient.* C'est le nom de la maison. La plaque se trouve sur la porte. Il n'y a pas à se tromper. Je vous attendrai dans cette baraque à vingt-trois heures précises. Vous n'aurez qu'à en pousser la porte... Soyez exact. Affaire urgente. C'est très important *pour votre avenir.*

Ce n'était pas la voix du pharmacien. Ce potard ne devait pas être capable de la déguiser à ce point.

– Qui est à l'appareil? demanda Le Goëlec.

– Venez!

On raccrocha.

Le capitaine regarda le combiné, puis le reposa.

Etrange, tout cela.

Soudain soucieux, il se demanda s'il ne serait pas plus prudent d'avertir la police.

Après dîner, il se rendit dans son bureau. La police officielle? Non. Peut-être cherchait-on à le plonger dans quelque scandale, pour le discréditer aux yeux de ses futurs électeurs. Il prit une carte dans un tiroir.

Agence de police privée Zadigus.

Il composa le numéro de téléphone.

– Allô. Capitaine Le Goëlec à l'appareil.

Saint-Laurent-du-Maroni se tenait à l'autre bout du fil. Le capitaine narra au détective le mystérieux coup de téléphone ainsi que la visite du pharmacien à l'asile. Le fournisseur principal du club rassura son interlocuteur : la villa *Sam'Convient* serait étroitement surveillée par ses hommes. Nul ne pourrait attenter aux jours du marin. Il pouvait aller à ce rendez-vous en toute tranquillité.

V

Cadavre

Une heure du matin.

La pleine lune baignait le paysage. Sinistre, isolée, à l'orée d'un bois de noisetiers, la villa *Sam'Convient* évoquait une énorme tombe repue de défunts. Un cadavre se trouvait d'ailleurs dans la bâtisse. Tout frais. Celui du capitaine Le Goëlec. Allongé sur le carrelage de la cuisine, entouré d'une écœurante mare de sang. La hache se trouvait à côté du mort. Le manche et le tranchant, nets, avaient été soigneusement essuyés. Par contre, le sol et les murs de la pièce étaient constellés de taches de sang humain.

La tête du capitaine avait été partiellement écrasée sous les coups de la masse : le marin n'avait plus tout à fait sa physionomie habituelle. Tout ce sang lui donnait mauvaise figure et bien malin eût été celui qui eût retrouvé dans cette bouillie une trace de son robuste optimisme.

A quelques mètres de la maisonnette, dans le bois, Madame Lafarge, blême comme les cachets d'aspirine qu'il vendait – mais ne vendrait certainement plus – grelottait en se faisant houspiller par Saint-Laurent-du-Maroni.

– Imbécile! Ne tremblez donc pas comme une feuille morte!

– Je suis innocent, balbutia – *déjà* – le pharmacien.

– Avec un crime sur la conscience? Vous, au moins, vous avez de l'estomac!

– Franchement, Pincedieu, entre nous, est-ce que j'ai une tête d'assassin?

– Je vous ai *toujours* trouvé une tête d'assassin, Hanzard. *Même avant ce crime.*

– Vous mentez! Malheureux!

– Le malheureux, c'est vous. Mettons les choses au net, Hanzard. Tout d'abord, un assassin comme vous ne doit pas trembler comme une jouvencelle qui va subir les derniers outrages.

– Mettez-vous à ma place...

– Recouvrez votre sang-froid. Soyez viril.

– A coups de hache! gémit Hanzard. Moi! un type si honorable. Que va en penser la ville?

– La ville, on l'emmerde.

– Je l'avais pourtant supplié de ne pas se rendre dans cette villa!

– Vous avez tenté de le sauver, n'est-ce pas?

– J'ai fait l'impossible, oui.

– Je vois. Monsieur voulait rester bien au chaud dans son fauteuil. Ne pas se mouiller. Et avec le prochain « client », vous auriez agi de même. Et ainsi de suite. Au risque de bloquer les « tours » du club jusqu'à perpète! Alors? On tremble encore?

Hanzard joignit les mains, les yeux dilatés :

– Pour l'amour du ciel, Pincedieu, ne m'obligez pas à franchir la porte de cette maudite villa.

– Il le faut. Quand je pense que le manche de la hache a été essuyé! Faites-moi le plaisir d'aller foutre vos empreintes digitales sur ce manche, et que ça saute! Et laissez plus soigneusement les traces de votre passage dans cette baraque! Je ne tiens pas à ce qu'un innocent soit arrêté à votre place! Tel que je vous connais, vous êtes capable de nier, à l'instruction. Vous avez tué, il faut payer. C'est la règle. Allez, et n'ayez pas peur de tremper vos mains dans ce sang qui, désormais, vous appartient, puis de les appliquer un peu partout.

– Pouah! gémit le pharmacien en se dirigeant d'un pas titubant vers la maison de son crime.

Hanzard fut promptement arrêté et n'avoua que sous les soufflets des policiers qui l'interrogeaient, légitimement contrariés à l'idée qu'un tel assassin pût s'entêter à nier alors que les preuves les plus irréfutables le confondaient : traces de sang sur les murs de la maison du crime – empreintes de ses mains –, sur le manche de la hache, sur les vêtements de la victime. Mobile : le capitaine gênait le pharmacien au sujet des prochaines élections où tous deux se préparaient à être candidats. « Monsieur » Hanzard s'était mis en tête de devenir député!

L'avocat du Tueur à la Hache (surnom donné par les journaux), Me Lacharrue, qui, un an plus tôt, avait défendu sans succès le boucher Chauveau, conseilla à son client de reprendre du poil de la bête, de retrouver sa belle assurance et son calme, de se nourrir substantiellement, de prendre beaucoup de sommeil, afin de récupérer sa forme, sa tournure affable, ses cheveux argentés soigneusement lissés sur les tempes. Il fallait à tout prix plaire au jury des assises qui, si Dieu était avec eux, comprendrait bien quelques dames.

VI

Le secret

Une semaine avant la fin de l'année 1948, Me Lacharrue entra dans la cellule de condamné à mort – éclairée jour et nuit – de Madame Lafarge, enchaîné comme une bête, pour lui annoncer que le président de la République avait refusé de signer son recours en grâce.

– Je m'en doutais, fit Madame Lafarge qui ne fumait plus la pipe, avait perdu une bonne partie de ses cheveux et ne pensait plus à sa braguette.

– J'ai des amis à la Chancellerie, lui révéla Me Lacharrue. J'ai su... – ce ne sont peut-être que des bruits de couloir, des ragots, mais nous devons tout de même les prendre en considération –, j'ai su que le Président a terriblement hésité... Il aurait passé une nuit blanche devant votre dossier à peser le pour et le contre... et, quelques instants avant d'apposer son « non » fatidique, il aurait murmuré – un secrétaire l'aurait parfaitement entendu...

– Il aurait murmuré quoi? demanda le pharmacien sanglant.

– Il aurait murmuré : « Ce Hanzard était un type très bien... Qu'est-ce qui a bien pu le pousser à commettre un acte pareil? »

– Mon Dieu! S'il savait, ce brave président... Je ne lui en veux pas... Je me mets à sa place...

L'avocat fit un geste :

– Attendez la suite. Il a également murmuré : « Ah! s'il n'y avait pas eu la hache... Si Hanzard avait choisi le poison!... Cela aurait changé beaucoup de choses. »

– Les salauds! vociféra le pharmacien en trépignant, remuant ses chaînes.

– Plaît-il?
– Rien... Ou plutôt si. Je vous dois la vérité, maître. Elle est incroyable... mais elle est authentique.
– Ne m'auriez-vous donc pas tout dit, Hanzard? C'est fâcheux. Peut-être aurais-je pu vous sauver...
– Non, maître. Vous n'avez pas à avoir de regrets. De toute façon, j'étais cuit.
– Enfin... Vous n'êtes pas innocent, j'espère? Rassurez-moi, Hanzard.
– C'est normal. D'ordinaire, ce sont les avocats qui rassurent leurs clients... Mais dans mon cas, il est bien naturel que ce soit moi qui vous rassure.
– Vous avez bien tué, n'est-ce pas?
– Oui, maître. J'ai tué. Je suis bien un assassin. *Mais je n'ai pas tué avec une hache!*
L'avocat, très surpris, demanda à Hanzard la permission de s'asseoir sur son tabouret. Le condamné à mort dut se lever.
– Que me racontez-vous là, mon vieux? demanda le maître du barreau.
– La stricte vérité, maître.
– Mais l'enquête a été menée le plus soigneusement du monde... Je le sais : le commissaire Turlot est un ami. Vos empreintes, sur le manche de la hache... Vos traces sanglantes, sur les murs...
– Je vais tout vous raconter, maître. Mais vous garderez cela pour vous, n'est-ce pas?
– Vous plaisantez? Nous sommes tenus, mes confrères et moi, par le secret professionnel le plus absolu, cher ami.

– Je sais... Je sais... Mais, voyez-vous, mon secret est tellement... Comment dirais-je?...

– Allons! Allons! Vous ne serez pas le premier, Hanzard. Des tas de clients, avant vous – je parle des criminels –, m'ont raconté leur « secret », comme vous dites... Et j'aime mieux vous dire que j'en ai entendu de drôles!

– De drôles, bien sûr... Mais je ne pense pas, maître, que vous en ayez déjà entendu d'*aussi drôles* que le mien.

– Vraiment?

– Le secret de mon crime surpasse certainement tout ce que vous avez pu apprendre jusqu'à présent de la bouche de vos clients.

– Je vous écoute.

– Vous n'allez pas me croire.

– Mais si... Vous n'avez plus rien à perdre, n'est-ce pas? Puisque *c'est* pour très bientôt.

– Très bientôt, oui... Au fait, maître, j'aimerais vous poser une petite question d'ordre administratif... C'est pour ma famille, vous comprenez... Mon épouse, mes parents...

– Posez, mon ami, posez. Je suis là pour ça.

– Après l'exécution, le corps du supplicié est rendu à la famille, je crois?

– Si celle-ci en fait la demande, oui.

– Mais rend-on *aussi* la tête?

– Ah, tiens... Fichtre! Très bonne question. Il faudra que je me renseigne. Bon, passons à vos révélations, Hanzard. Le temps presse...

– Eh bien, voilà... Avant d'être arrêté, je faisais partie d'un club...

Une heure plus tard, Me Lacharrue, ayant entendu la confession de son client, sortait de la cellule du condamné à mort. Il courut aussitôt dans le bureau du directeur de la prison et appela en urgence le garde des Sceaux :

– Je vous en supplie, monsieur le Ministre, sursoyez à l'exécution de Jérôme Hanzard...

– Mais pourquoi donc, cher ami? demanda le ministre, sur le point de se rendre à un grand et brillant dîner parisien.

– Je vais vous expliquer...

– En deux mots, hein, mon cher, en deux mots. Je suis attendu, je suis pressé. Et le procureur Fougerolles veut arroser sa tête... Que se passe-t-il? Seriez-vous en possession d'un fait nouveau?

– Oui. Mon client est *complètement* fou.

– Mais pourtant, les experts... Il a été examiné à la Santé par quatre de nos psychiatres les plus éminents...

– Ce n'est pas possible! (L'avocat hurla :) PAS-POS-SI-BLE!!! Ils se sont trompés!

– Mesurez-vous la portée de vos paroles, maître? Du reste, l'ordre a été donné à l'exécuteur des hautes œuvres. Les bois de justice sont partis. La camionnette est en route. Hanzard doit être exécuté demain matin. Mes civilités, cher ami.

8

CE BRAVE VAMPIRE

I

Cerisier désigné

Hanzard exécuté, le docteur Petiot (docteur Moulin) fut admis au club et devint membre N° 6, tandis que le V. de D. accédait au fauteuil fatal.

Mais les années passèrent. L'instituteur attendit près de sept années avant la visite tant redoutée de Saint-Laurent-du-Maroni qui, âgé de soixante-dix-huit ans, se portait toujours comme un charme; néanmoins, il avait formé son secrétaire-homme de main, Boultier, en vue de sa succession.

Début 1955, le profil du club se présentait ainsi :

Au fauteuil de l'Assassin	*Le V. de D. (Cerisier)*
Au fauteuil n° 2	*Landru (Brème)*
Au fauteuil n° 3	*Lacenaire (de Saint-Ange)*
Au fauteuil n° 4	*Hitler (le peintre Caporelli)*
Au fauteuil n° 5	*Ravachol (le clochard)*
Au fauteuil n° 6	*Petiot (docteur Moulin)*

Cerisier, qui attendait son heure, était toujours instituteur. La petite-fille du Vampire, Marie-Rose, n'était plus. Elle avait trouvé la mort quelques mois plus tôt dans un accident de chemin de fer. Cathy Aumoynel, arrière-petite-fille du marquis d'Eaubrune, ravissante jeune fille de ving-deux ans, dirigeait le club.

Ce soir-là, l'homme de l'agence *Zadigus* se présenta au club et annonça à Cerisier qu'il lui fallait *se préparer*. Il aurait à tuer un certain Mangefoin.

– Ernest Mangefoin? s'exclama Le V. de D.

– Lui-même.

– Mais c'est impossible, voyons! Son fils est le meilleur élève de ma classe!

Saint-Laurent-du-Maroni était vraiment désolé, mais...

II

Un vent de révolte

La réunion du club se termina fort tard. Devant la monstruosité du forfait qu'on lui demandait d'accomplir, le V. de D. s'était évanoui à deux reprises. Son vieil ami Brème – le placier en appareils de chauffage – lui proposa de faire un bout de chemin avec lui. Ils marchèrent lentement et longuement de par les petites rues endormies. Un étrange conciliabule s'engagea entre les deux clubmen.

L'instituteur était au désespoir.

– Depuis vingt-trois ans que je suis dans cette ville, Brème, je mène une existence irréprochable. C'est cela que le club ne nous pardonne pas : nous sommes des citoyens honnêtes. Nos mains sont propres.

L'instituteur s'arrêta, se tourna vers Brème, s'agrippa aux revers de son pardessus :

– Sommes-nous réellement des assassins, Brème?

– Mon pauvre Cerisier, soupira Landru – qui avait beaucoup vieilli, dont les rares cheveux étaient blancs –, vous savez bien que celui qui entre au club a *déjà un crime sur la conscience*. Vous l'attendiez, tout de même ce jour maudit où il vous faudrait...

– Il m'est impossible de me plier à ces atroces exigences! ragea l'instituteur en reprenant sa démarche marquée de claudication. Je préfère me suicider!

Brème l'arrêta d'un geste :

– Attention! Après vous, c'est mon tour! Moi non plus je ne pourrai pas commettre ce meurtre abominable.

– Le plus terrible n'est pas tellement de commettre ce crime, c'est d'être jugé pour *cela*. Je ne serais même pas jugé, d'ailleurs. La foule me lyncherait. Ce club est un club de fous, Brème. Quittons-le! Disparaissons. Je suis seul au monde, sans famille, sans rien... Vous aussi... Rien ne nous retient ici. Nous aurions dû fuir depuis longtemps, d'ailleurs.

– Ils nous rattraperaient... Tous... Ils nous tueraient...

– Ce n'est pas certain.

– A quelques heures de votre crime, Cerisier, vous êtes très surveillé. Pensez-y.

– Je suis désemparé, Brème... Je n'en peux plus. Je n'ai plus... je n'ai plus le cœur à tuer.

– Vous devez remplir vos obligations, Cerisier. C'est la règle.

– Non. Tiens... Je pourrais aller trouver la police... Oui... Oui... C'est cela...

Il haletait. Il s'était de nouveau arrêté et ses mains crispées serraient à la briser la barre d'appui du grand pont qui enjambait la voie ferrée.

– Aller trouver la police, tiens, oui, ce serait une bonne idée! répéta-t-il. Elle en ferait une binette, la Secrétaire-Présidente! La petite Cathy, on peut la posséder... Elle est beaucoup moins méfiante que sa mère...

– Saint-Laurent la conseille certainement. Il a dû la mettre en garde.

– Je m'en fous! J'irai trouver les flics... et le crime n'aura pas lieu! Je leur raconterai tout : « Messieurs les inspecteurs, on m'oblige à me transformer en assassin! Protégez-moi! Je suis prisonnier d'une bande de fous! » Je ne veux pas tuer. La police est là pour nous protéger, Brème. Nous sommes d'honnêtes citoyens...

– Pensez à moi. Je suis au fauteuil n° 2.

– Après moi, le déluge, Brème!

– Soyez raisonnable... Le crime sera peut-être décommandé. C'est déjà arrivé.

– Je vais réfléchir... Demain, c'est jour de composition, je dois aller à l'école...

Le petit Mangefoin était assis au quatrième rang. Les bras croisés, le regard attentif, il écoutait le maître parler de la Saint-Barthélemy.

Sur l'estrade, derrière son bureau, Cerisier donnait sa leçon d'histoire. Mais il pensait à tout autre chose. Il lui arrivait de bredouiller. Il consultait des notes, s'énervait...

– Mangefoin, après la leçon, vous resterez...

– Pourquoi m'sieur? J'suis puni?

« *Puni* »? songea, horrifié, le Vampire de Düsseldorf.

– Puni? Mais non... Vous êtes un très bon élève, Mangefoin. Pourquoi vous punirais-je?

« En effet, pourquoi punirais-je cet enfant *en le privant de son papa*? Pourquoi ferais-je un orphelin de cet enfant remarquable d'intelligence, toujours premier en français, en calcul, en géographie, en sciences, second en dessin, troisième en chant, en histoire, en vocabulaire, et dix-huitième – mais le pauvre petit a des excuses : ses jambes sont un peu faibles – en gymnastique? Pourquoi, moi, son maître, lui appliquerais-je ce zéro atroce? »

– J'ai à vous parler, Mangefoin.

– C'est à cause de ma rédac', m'sieur?

Les autres élèves, curieux, écoutaient. Devinaient-ils son trouble? Les enfants sont si observateurs... Ces petits êtres ont l'œil à tout...

– Vous êtes tout pâle, m'sieur Cerisier! lança Gougeaud, le dernier de la classe.

– Vous voulez qu'on avertisse l'infirmière?

– Mais non... Mais non... Laissez. Ce n'est rien. J'ai seulement un peu chaud... Ouvrez la fenêtre, Michu...

– Mais elle est déjà ouverte, m'sieur...

– C'est ma foi vrai... Je ne sais plus ce que je disais, moi...

Il se mit à s'éponger... Et la petite face candide de Mangefoin qui était braquée sur lui...

– Oui... Où en étais-je?...

– Je vous demandais si c'était à cause de ma rédac', fit Mangefoin.

– Votre rédaction... Ah oui... Mais non, ce n'est pas du tout à cause de cela. Votre devoir est parfait. D'ailleurs, je vous le dis tout de suite : je vous ai mis dix-neuf.

Pourquoi ce dix-neuf, précisément? La rédaction du jeune Mangefoin n'était pas, pour une fois, une des meilleures de la classe. Un quinze eût été une bonne note, pour cette narration bâclée ayant pour sujet une promenade au parc domanial en compagnie des parents – pour Mangefoin, en compagnie du père, car le petit n'avait plus sa maman. Etait-ce parce qu'il avait corrigé une partie des devoirs au club, précisément, et qu'au moment de noter celui de Mangefoin, on lui avait annoncé qu'il était désigné pour tuer le père du gosse? Etait-ce pour cela qu'il avait mis un dix-neuf au lieu d'un quinze? Par charité, par remords anticipé?

– Vous resterez, j'ai à vous parler, répéta-t-il.

– Bien m'sieur...

Bientôt l'heure de la récréation sonna et les enfants quittèrent la salle de classe. Mangefoin resta docilement à sa place.

– Approchez, Mangefoin...

Le gosse se leva timidement.

– N'ayez pas peur...

Cerisier frémit. L'enfant devinait-il? Savait-il déjà que son maître?... Pressentait-il que, sous le ton doucereux de l'instituteur, se cachait une volonté de tuer?

– N'ayez pas peur, Mangefoin...

Il blêmit.

« *N'ayez pas peur, mon petit... Ce n'est pas vous, que je vais assassiner, c'est votre père... Vous, vous n'avez rien à craindre...* »

L'enfant était près de lui, attentif.

– Je voulais vous parler... de votre père, Mangefoin.

L'enfant parut étonné.

– Ah bon, m'sieur.

– Euh... Comment va-t-il?

– Mais... bien, m'sieur.

– Qu'est-ce qu'il fait, déjà, comme métier?

– Il travaille au chemin de fer, m'sieur.

– Oui... Il vous aime bien, n'est-ce pas?

– Bah, oui, m'sieur.

– Euh... Dites-moi... Il ne vous a pas paru bizarre, ces derniers temps?

– Bizarre? J'crois pas, non, m'sieur.
– Il n'a pas... euh... d'ennuis?
– Il ne m'en parle pas, m'sieur.
– Sa santé...ça va?
– Le soir, quand il rentre, il est un peu fatigué, mais à part ça, il va très bien, m'sieur.
– Il est content de ce que tu fais ici?
– Oui. Il m'a dit qu'il voulait me pousser pour que je devienne savant. Commissaire de police, qu'il voudrait que je sois, plus tard.
L'instituteur eut un haut-le-corps :
– Diable!
– Pardon, m'sieur?
– Euh... rien... C'est très bien... Pour être commissaire de police, il faut être très instruit... Il faut faire du droit... et beaucoup d'autres études. Je suis sûr que tu réussiras, mon petit. Ton papa pense à ton avenir, c'est très bien de sa part. Très, très bien.
– C'est rapport à mon oncle qui était commissaire, mais qui a été fusillé par les Allemands. C'est en souvenir, comme qui dirait...
– Ah oui... Et il t'emmène en promenade, le dimanche, ton père?
– Oh oui, m'sieur! Par exemple, dimanche prochain, il doit m'emmener au cirque!
« Je suis décidé, pensa Cerisier. *Je n'ai pas le droit de priver cet enfant de cirque.* »

Le soir même, en regagnant son domicile, Cerisier prit l'audacieuse décision de désobéir au club. Il attendit la nuit, errant de par les rues vides comme une âme en peine...

Il était plongé dans un cafard monstre. Il se remémora avec un attendrissement amer le jour où il était entré au club...

C'était en 1932... Vingt-trois ans! A l'époque, Marie-Rose était déjà Secrétaire-Présidente. C'était alors une belle femme de trente ans, une créature comme il les aimait. N'avait-il pas été troublé par elle? Un gros béguin, à coup sûr. Mais il avait laissé s'éteindre sa flamme, sans rien dire. Il était timide. Et il boitait! La petite-fille du Vampire lui eût ri au nez. Il avait bénéficié de la *sortie* d'un nommé Ravaillac, arrêté pour le meurtre d'une jeune femme et de son fils. Madame Lafarge, qui était alors assis dans le fauteuil n° 6, l'avait accueilli en prononçant quelques paroles de bienvenue... Comme Cerisier, en ce temps-là, était précepteur, le pharmacien lui avait donné le nom d'un assassin qui s'« intéressait » particulièrement aux enfants : ce terrifiant Vampire qui, à Düsseldorf, de l'autre côté du Rhin, faisait beaucoup parler de lui... Un mois plus tard, tout juste, Brème avait fait son entrée au club. Les deux hommes s'étaient liés d'amitié, rapprochés, sans doute, par leurs déboires sentimentaux...

Ah! comme il était gai, alors, le petit club! Les soirées s'y déroulaient tout aussi innocemment que dans n'importe quelle amicale de province. Nul ne pensait au crime futur, à ce qui l'attendait dans un lointain presque impossible...

1932...

La belle époque pour le V. de D.

C'était si loin...

« Tout s'arrangera avec le temps! » pensait alors le petit instituteur. Ses copains, Troppmann, Jack l'Eventreur, Madame Lafarge étaient déjà là... On faisait des projets d'avenir... L'instituteur pariait qu'il finirait dans la peau d'un honnête homme. Jamais, pensait-il alors, on n'oserait lui faire commettre un crime! C'était une farce. Tout simplement. Une farce énorme. Macabre. De mauvais goût. Mais une farce. On ne transformait pas comme cela un homme intègre en criminel. En le faisant entrer dans cet étrange club, on avait voulu lui faire peur. Tout simplement. L'effrayer. Le mettre dans la peau d'un homme qui sait, vingt-cinq ans, trente ans à l'avance, qu'il va commettre un assassinat. Une sensation, quoi. Rien d'autre. Pour lui montrer comment « ça faisait ». Drôle d'idée. Mais ça n'avait pas pris. Il savait, en entrant dans l'aberrante association, qu'au fur et à mesure que les années s'écouleraient, il deviendrait *de plus en plus honnête, de plus en plus irréprochable, de plus en plus inapte à devenir un tueur.* Malgré tout, il savait aussi que, en l'ayant installé sur un des absurdes fauteuils du salon Aumoynel, on misait sur le contraire. Mais il avait accepté ce pari stupide, ce pari qui ne tenait pas debout, qui hurlait le ridicule.

« Jamais je ne serai inquiété par la police, s'était-il juré. Jamais je ne lèverai un bras meurtrier sur quiconque. »

Et voilà que...

Ils avaient donc eu raison, les monstres?

Etait-il possible que cette inexorable mécanique, ce diabolique mouvement d'horlogerie, aient été mis en place par feu le Vampire lui-même?

Pourquoi? Pourquoi, mon Dieu, était-il entré dans ce club, ce beau soir de 1932?

Pourquoi?

Il le savait trop bien, hélas, *et cela lui donna la chair de poule...*

Il en était arrivé là. On lui avait désigné quelqu'un... Quelqu'un à tuer. Les statuts du club exigeaient que tout partant s'en aille les mains rouges.

Pourquoi avait-il haussé les épaules, le jour où la Secrétaire-Présidente l'avait recruté? Pourquoi avait-il souri – d'un air un peu effrayé, du reste – lorsqu'elle lui avait fait part des étranges conditions régissant l'admission au club?

Pour la simple raison qu'à l'époque, il n'y avait pas cru.

Mais c'était horriblement sérieux. Aujourd'hui, il s'en rendait compte. Ce n'était pas une farce. Ni un cauchemar. C'était d'une épouvantable logique. Entré au club, il avait une mission à remplir. Et quelle mission! Le club n'était pas autre chose qu'une antichambre du palais de justice, qu'une salle d'attente pour la guillotine. On attendait longtemps, certes, mais votre tour arrivait, immanquablement, inexorablement. Pas moyen de passer au travers. Une fois dans l'engrenage...

Vingt-trois années à se la couler douce... Et puis vlan!

Vingt-trois années de tranquillité, de vie pépère, avec au-dessus de votre tête l'ombre de cette fin implacable... Et puis...

C'était d'une dérision...

« *Existe-t-il d'autres clubs de ce genre, ailleurs, dans d'autres villes?* » se demanda Cerisier en hoquetant d'épouvante.

Jamais il n'avait songé à consulter la chronique judiciaire concernant les autres villes... Il eût été intéressant de le faire, à condition de compulser les journaux couvrant une époque d'une trentaine d'années au moins. Lui, étant au club, eût su lire entre les lignes et, qui sait, y découvrir un *processus identique...*

Mais il était trop tard. Il n'avait plus le cœur à s'intéresser à de si tristes, de si sinistres balivernes... Il était à présent au bout du rouleau.

Ce crime qu'on exigeait de lui, il ne le commettrait pas. Il tricherait. Leur jouerait un sale tour.

Il attendit la nuit et se jeta du haut du pont qui enjambait la voie ferrée. Le Lille-Montpellier l'écrasa quelques secondes plus tard. Il mourut avec un casier judiciaire parfaitement vierge.

Ayant survécu à ses blessures, le V. de D. eût appris que l'assassinat du nommé Mangefoin était décommandé. Mais il était trop tard : un tas de bouillie sanguinolente a plutôt du mal à émettre quelque réaction.

Les membres du club n'étaient plus que cinq. Cerisier étant mort innocent, il ne fut pas procédé à son remplacement.

Brème passa au fauteuil de l'Assassin.

9

SACRÉS VAMPIRES

A la veille du crime de Landru-Brème, le tableau synoptique du club se présentait comme suit :

Au fauteuil de l'Assassin	*Landru*
Au fauteuil n° 2	*Lacenaire*
Au fauteuil n° 3	*Hitler*
Au fauteuil n° 4	*Ravachol*
Au fauteuil n° 5	*Docteur Petiot*

La macabre bande s'amincissait de façon alarmante. Désormais, le dernier entré n'avait plus que quatre têtes devant lui; c'est dire que le chemin allant de l'admission au club à la perpétration du crime devenait singulièrement court. Ainsi, le docteur, dernier admis, attendrait-il beaucoup moins qu'un Landru, par exemple, pour se couler dans la peau d'un assassin.

Les avantages du club étaient désormais moins solides.

La petite association allait-elle connaître la faillite morale?

Ils étaient tous là, réunis dans le salon. Les cinq, plus Cathy, la jeune Secrétaire-Présidente.

On attendait Saint-Laurent.

Dans son fauteuil de condamné, Landru ne cessait de se dandiner, nerveux, de croiser et décroiser les jambes. Son heure allait sonner. Adrien Brème – Landru pour les clubmen –, âgé de soixante-trois ans, entré au club vingt-trois ans plus tôt, en septembre 1932, célibataire, malheureux en amour, placier en appareils de chauffage, habitant un modeste pavillon de banlieue, Adrien Brème allait être appelé par ses juges, ces juges qu'on lui avait promis le jour même de son entrée au club.

De son fauteuil n° 2, Lacenaire, le poète-quincaillier chevelu, l'observait à la dérobée en se rongeant les ongles; il venait justement de terminer de composer un court poème qu'il se proposait de lire à haute voix à ses camarades quand la Secrétaire-Présidente lui avait discrètement intimé l'ordre de n'en rien faire : Landru était de très mauvais poil, ce n'était guère le moment de lui parler poésie.

Sur le siège 3, Hitler, à présent père de famille et entrepreneur de peinture en bâtiment, regardait le plafond lambrissé d'un air triste, comme pour y compter les mouches. Depuis quinze ans qu'il était dans ce club, il avait assisté avec indifférence aux départs successifs de ses prédécesseurs. Bientôt, bien sûr, son tour viendrait...

Au fauteuil 4, Ravachol, en haillons, toujours clochard, sirotait un litre de rouge ordinaire. Il puait. Hilare, il disséquait des yeux, avec sadisme, le placier en appareils de chauffage. Une seule chose contrariait le loqueteux : on était de moins en moins, au club; et depuis le départ de Madame Lafarge – le seul membre qui l'avait eu à la bonne, lui pardonnant sa tenue négligée, son odeur et ses grossières manières de pauvre – on y rigolait beaucoup moins. Depuis la condamnation à mort du pharmacien, les réunions ressemblaient à des veillées funèbres.

Pour un peu, le clochard eût émis une protestation. Pour lui, les Vampir's Club, c'était un endroit « pas comme les autres », où l'on avait souvent l'occasion de rigoler un bon coup pour pas un rond. Et puis, à présent, on lui fournissait gratuitement un litre de rouge, un camembert, quelquefois un saucisson! C'était l'endroit rêvé pour oublier sa chienne de vie! Et voilà-t-y pas que ces ahuris de clubmen se mettaient à faire de véritables gueules d'enterrement! On les destinait à l'abattoir, ils étaient appelés à satisfaire les phantasmes étranges d'un avocat général qui réclamerait un jour leurs yeux et leur langue – et tout ce qu'il y avait autour sur un rayon de dix ou douze centimètres –, bon, d'accord. Mais tout de même! Le gars Eustache, y s'ennuyait. Ça devenait de moins en moins drôle, ce club! Quatorze ans, pourtant, qu'il y était! Et voilà-t-y pas qu'après le vendeur de radiateurs, ce serait le poèt'poète qui mettrait ses fesses sur le fauteuil de tête! Après, y avait le peintre... Et ensuite... Diable! Son tour n'était plus tellement loin! Ç'allait devenir de moins en moins bidonnant, ce club de rigolos! Tatache Mounol, il avait son idée. Si ça continuait à être tartignolle, ce club, il y ferait rentrer son pote Totor! Le Totor, c'était un drôle de marrant! Il engendrait pas la mélancolie, au moins! Fallait voir les nuits à quinze potes de la cloche, sous un pont, au bord du fleuve, quand Totor s'y trouvait! On ne dormait pas de la nuit! Jusqu'à l'aube, c'était la nouba! Il était imbattable, Totor, pour mettre de l'ambiance. Sûrement que si le gars Tatache l'amenait au club, ça remonterait le moral des autres clubmen et qu'il dégèlerait tout ça! Totor vampire! Ah! bon Dieu! Ça serait chouette!

Le clochard laissait sa petite idée lui trotter dans la tête. On verrait ce qu'on verrait.

Bien sûr, il faudrait mettre Totor dans le secret. Il lui en parlerait dès ce soir, après la réunion, sous le pont Charlemagne. Totor y dormirait sûrement, cette nuit, vu que là, il y avait moins de courants d'air. On allumerait le brasero, on déballerait un paquet de charcuterie, on déboucherait un litre de Mascara et on discuterait le bout de gras. Sûrement que ça allait lui plaire, ce club, à Totor. Pour les trucs marrants, il était toujours partant. Bien sûr, Tatache ne lui dirait pas – inutile de l'effrayer – que pour sortir du club il fallait... Enfin, il aviserait. Peut-être que Totor prendrait ça du bon côté?

Sur le fauteuil du dernier entré, le docteur

Petiot, un homme sans âge, assez bien mis – rosette –, au visage glabre totalement dénué d'expression, mais les yeux très petits et injectés de sang, se « faisait » les ongles. Il avait l'air de s'ennuyer et la Secrétaire-Présidente redoutait déjà que le nouveau membre ait quelques difficultés à acquérir l'esprit « club ». Le docteur paraissait affreusement sensé, tout à fait d'aplomb d'esprit. Comment le bougre jugeait-il la petite association? Peu importait, dans le fond. Il était là, c'était l'essentiel.

Sur le coup de vingt-deux heures, Saint-Laurent-du-Maroni fit son entrée solennelle en petite voiture d'infirme; il était récemment tombé paralysé des membres inférieurs, mais n'avait pas abandonné pour autant ses importantes fonctions; son secrétaire et sucesseur désigné, Max-Luc Boultier, un individu osseux à la mine ahurie, aux cheveux poil de carotte, poussait le fauteuil du malade.

Saint-Laurent ouvrit sa serviette, compulsa des papiers. Brème se tortillait sur son fauteuil. Qui allait-on l'obliger à tuer? C'était presque toujours, pour les clubmen, une mauvaise surprise. Non seulement il fallait tuer, mais tuer quelqu'un de *bien*.

Le pourvoyeur déplia avec une lenteur exaspérante un petit feuillet quadrillé. il s'éclaircit la voix, puis :

– Landru... C'est à vous.

– Je m'en doutais, ricana le placier.

– Euh... Vous allez avoir à vous « occuper » d'une « affaire » un peu particulière...

– Quoi donc, encore? (Il n'avait pu retenir un mouvement d'agacement.)

– Euh... Voilà... C'est assez délicat.

– Par pitié, parlez!

– C'est que... euh... En deux mots, voilà la *chose :* vous allez avoir à commettre un crime d'un genre... un peu spécial.

Le médecin du fauteuil 5 écoutait avec intérêt, le front plissé, le menton appuyé sur la main, un doigt tendu le long de sa joue, l'air tout à fait intellectuel. (« Pas un mal, dans ce salon », s'était dit Cathy.)

– Comment dire?..., murmura Saint-Laurent, embêté.

Landru n'en pouvait plus. Quelle victime impossible lui avait-on trouvée? Quel crime répugnant allait-on lui adjuger? Quel forfait irréalisable pour l'honnête citoyen – bon électeur, bon républicain – qu'il était? Quel crime qu'il *ne pourrait commettre*?

– Ah! on peut dire que vous êtes champion pour nous faciliter les choses! s'exclama le placier.

Les *choses*...

– Je n'y suis pour rien, mon vieux, répliqua l'infirme, d'un petit ton sec. Je prends les « clients » comme ils viennent...

Comme ils viennent...

Comme si les victimes venaient d'elles-mêmes...

Comme si les assassinés venaient d'eux-mêmes se jeter dans l'effroyable gueule du club...

– Ne faites pas cette bille, Landru, dit Lacenaire.

– J'aimerais vous y voir, vous! Oh! votre tour viendra!

– Vous ne serez pas forcément guillotiné. Vous pouvez très bien *décrocher* la réclusion criminelle à perpétuité.

– Trente ou quarante ans au fond d'un trou sans lumière, merci beaucoup! L'homme changé en rat! Bravo! Et encore : en rat *immobile.*

– Vous ne voudriez tout de même pas qu'on loge les criminels chez l'habitant? fit Saint-Laurent.

– Mais pourquoi nous offrir des crimes monstrueux, nom de nom? protesta encore Landru.

– Existerait-il des crimes *gentillets?* demanda Lacenaire.

– Il n'y a qu'à tuer des salauds! jeta Landru. Il y en a plein les rues!

– Je ne choisis pas, mon cher Landru, dit Saint-Laurent.

Toujours la même réponse... Vieil hypocrite, va! Sinistre croque-mort... Ah! le jour où l'on ne verrait plus sa vieille gueule s'amener au club!... mais ce jour-là, Brème n'y serait plus, il ne le savait que trop. Saint-Laurent les enterrerait tous!

– Vous n'allez pas me faire tuer un enfant, au moins?

– Non... C'est autre chose...

Autre chose... Mais *quoi?*

– C'est autre chose... Rassurez-vous...

Rassurez-vous!

Il en avait de bonnes, ce vieux sadique!

Et les autres clubmen, piqués par une curiosité de mauvais aloi, qui attendaient, les oreilles tendues...

– Finissons-en, demanda Brème. Je vous écoute.

– C'est délicat...

Et son petit papier qui restait figé dans ses doigts morts... Le nom de la victime était-il tracé dessus?

– Vous allez avoir à commettre un crime un peu spécial. Ce genre d'affaire n'a encore jamais été vue au club... C'est la première fois que ça se présente. J'espère, d'ailleurs, que ce sera la dernière... Pour une fois, je ne pourrai pas parler devant tout le monde...

Le huis clos!

Vraiment, on n'avait encore jamais vu ça au club!

Mais l'alinéa 3 de l'article 16 des statuts du club l'autorisait.

Il y eut un remous de protestation parmi l'assistance. Le médecin du fauteuil 5 avait l'air de plus en plus captivé.

Saint-Laurent éleva légèrement la voix :

– Je prierai donc notre chère, jeune et séduisante Secrétaire-Présidente de bien vouloir faire sortir... un des membres.

Tous s'entre-regardèrent.

– Ce n'est pas dans les statuts! objecta Hitler. C'est un abus de pouvoir.

– Détrompez-vous, mon cher Hitler, répondit Cathy, une brochure ouverte devant elle, un doigt sur une ligne. L'alinéa 3 de l'article 16 stipule très exactement que... (Elle s'était mise à lire; ses paroles se perdirent dans le brouhaha général.)

– Je demande une suspension d'audience... Pardon : de réunion, fit Saint-Laurent.

– Accordé, dit Cathy.

– Messieurs..., invita le paralytique en montrant la porte.

– Allez faire un petit tour dans le parc, ordonna gentiment Cathy.

– Il fait froid! protesta Ravachol, bougon.

– Eh bien, allez dans la bibliothèque... Laissez-nous, Saint-Laurent et moi...

Les membres du club se firent un peu prier puis sortirent, mécontents.

Lorsqu'ils furent seuls – Boultier s'était assuré que personne n'écoutait derrière la porte –, Saint-Laurent-du-Maroni se pencha sur la jeune femme et lui murmura quelques mots à l'oreille.

Cathy parut fort étonnée.

– Nous ne pouvons faire autrement, dit le vieux.

– Eh bien, mon Dieu, allez-y! Mais quand vous allez annoncer ça à Brème!... (Cathy était devenue très pâle.)

– Ce sera la première fois... Tant pis.

– Priez nos amis de bien vouloir regagner leur place, demanda Cathy au secrétaire de Saint-Laurent. Ah! au fait... sauf un...

– Lequel, mademoiselle la Présidente?

– Lacenaire. Priez-le d'attendre un moment dans la bibliothèque.

Le secrétaire obtempéra sans chercher à comprendre. Bientôt, Landru, Hitler, Ravachol et le docteur Petiot regagnèrent leur fauteuil, silencieux, tentant de lire la nouvelle sur les visages de Saint-Laurent et de Cathy : visages fermés, les yeux baissés. Une grande gêne. Les monstres attendaient, tendus, leur regard braqué sur la Secrétaire-Présidente.

– Pourquoi Lacenaire est-il resté à côté? demanda Brème, la gorge serrée.

– Parce qu'il ne doit pas entendre, répondit la Secrétaire-Présidente.

Sur un signe de Saint-Laurent, Boultier sortit du salon et se posta devant la porte, dans la bibliothèque, les yeux fixés sur Lacenaire, immobile au milieu de la vaste pièce, les bras ballants, anxieux.

– Lacenaire ne doit pas entendre? s'étonna Hitler. Mais pourquoi?

– Pour la raison suivante, expliqua Saint-Laurent. Mon cher Brème, vous êtes chargé de tuer Lacenaire.

Il y eut un « oh! » poussé d'une seule voix par l'assistance. Brème, écarlate, se dressa sur son fauteuil et vociféra :

– Quoi? Vous allez me demander de tuer un clubman? Un autre moi-même! Mais êtes-vous devenu fou?

– Restez assis, Brème, ordonna Cathy. Et calmez-vous.

– Vous êtes complètement dérangé! cria Brème.

– Pas le moins du monde..., susurra Saint-Laurent. La chose, évidemment, ne s'est encore jamais présentée chez nous, et j'espère bien qu'elle ne se représentera jamais : c'en serait fini du club. Si ses membres se mettaient à s'entre-tuer... Mais, dans le cas de Lacenaire, il n'est plus possible de faire autrement. Nous devons remplir nos obligations. Lacenaire est appelé à disparaître...

Brème se prit la tête entre les mains :

– Mais enfin... Il va bien se douter... Il va...

– Il se méfie déjà. Lacenaire a peur d'être assassiné depuis déjà un bon mois.

– C'est curieux, fit Hitler. Il ne nous en a jamais parlé.

– Son silence est parfaitement compréhensible, répondit le vieux détective. On ne raconte pas qu'on craint d'être assassiné à des gens qui, précisément, ont coûte que coûte un assassinat – je dis bien *un* assassinat – n'importe lequel – à commettre. Dans un club comme le nôtre, Lacenaire n'avait qu'une chose à faire : se taire. Malheureusement pour lui, il n'a pas compté sur mon flair : je renifle *toute peur de mort violente* à quinze pas. Désormais, nous sommes au courant. Lacenaire n'a qu'à bien se tenir.

– Bien se tenir, répéta Brème. Comme vous y allez! Et parce que notre ami a peur d'être assassiné... je dois justifier cette peur en...

– La question est tout autre, Brème. Nous en parlerons ensemble. Le plus tôt sera le mieux.

On cogna à la porte. Celle-ci s'entrouvrit. C'était Boultier qui passait sa tête. Il déclara que Lacenaire s'impatientait, s'inquiétait et voulait entrer.

– A présent, il peut revenir, dit Saint-Laurent.

Le poète-quincaillier entra et regarda soupçonneusement ses amis, un par un.

– On m'a encore cassé du sucre sur le dos, je parie! lança-t-il. Bien sûr, les absents ont toujours tort. C'est la première fois, depuis que je suis dans cette maison, qu'on fait sortir un membre en cours de réunion.

– Asseyez-vous, Lacenaire, demanda Cathy. Voulez-vous un petit cordial?

– Pourquoi est-on subitement aux petits soins pour moi? s'étonna le rimailleur.

Brème ne quittait pas son voisin des yeux. Lacenaire avait l'air si vivant...

Un autre clubman se faisait des cheveux : Hitler. Il venait de calculer – sans trop de mal – que si Landru tuait Lacenaire, le placier en appareils de chauffage devrait automatiquement quitter le club pour être mis entre les griffes d'un avocat général. Lacenaire disparu, lui, Hitler, se trouverait en deux coups de cuiller à pot sur le fauteuil de l'Assassin. Cette petite combinaison lui déplaisait souverainement. C'était un coup monté contre lui. Evidemment... : Saint-Laurent ne pouvait pas le blairer. Mais il saurait se défendre!

Ce soir-là, à la sortie du club, Brème se retrouva tout seul. Il regretta l'absence de son vieil ami Cerisier. Il avança, tête basse, dans l'avenue bordée de platanes qui conduisait au centre de la ville. Il venait de se poser une question. Pourquoi les clubmen, aux assises, étaient-ils toujours condamnés? Jamais d'acquittement. Deux ou trois membres, depuis la fondation du club, n'avaient écopé *que* des travaux forcés ou de la réclusion criminelle à perpétuité. Tous les autres avaient eu la tête tranchée. La plupart, pourtant, avaient eu de bons avocats. Toutefois, l'explication était simple : la besogne de l'avocat général était pour ainsi dire toute mâchée par Saint-Laurent-du-Maroni. Non seulement les assassins se livraient pieds et poings liés à la justice, mais ils ne tardaient pas à avouer leur culpabilité, des preuves en or à l'appui. Avec la meilleure volonté du monde, les jurés ne pouvaient décemment les excuser. Les avocats de la défense étaient juste bons à gaspiller une salive inutile. Le club livrait des coupables sur mesure. Du cousu main. Du sérieux. Pas de camelote. Pas de faux-semblant. Du sûr.

Le coup de feu retentit peu après.

Lacenaire s'écroula, tué sur le coup, le nez dans un parterre de roses du parc municipal.

Brème, stupide, un revolver tombé du ciel dans la main, regardait le cadavre du poète nocturne et quincaillier diurne allongé à ses pieds.

Il ignorait encore pourquoi il l'avait tué – du moins si, il le savait, mais le vrai mobile ne pourrait être révélé à la police, au juge, à l'opinion publique. Déjà, la main d'un sergent de ville se posait lourdement sur son épaule :

– Donnez-moi cette arme et suivez-moi. N'essayez pas de fuir.

Entraîné au commissariat, il s'efforça de se trouver un mobile *raisonnable.*

– Vos nom, prénoms et qualité.

– Brème, Adrien, Léonce. Célibataire. 63 ans. Placier en appareils de chauffage.

Le commissaire n'était pas là. Un officier de police prenait les notes nécessaires. L'agent Dumou, qui avait appréhendé le clubman, se tenait à ses côtés, très fier de sa facile capture. Et encore, il n'était pas en service! Il regagnait son domicile et longeait le parc, quand il avait entendu claquer le coup de feu. Quelques pas encore et il s'était trouvé nez à nez avec Brème, son revolver à la main, regardant d'un air égaré sa victime.

– Je suis arrivé juste à temps, chef. Avec le brouillard qu'il y avait, le lascar aurait pu prendre la fuite facilement.

L'arme du crime, confisquée, était posée sur le bureau de l'inspecteur. On avait transporté le corps de Lacenaire à la morgue.

– Pourquoi avez-vous tué ce monsieur?

Ce monsieur! Ça faisait drôle, d'entendre le policier appeler ainsi un cadavre.

– Je... Euh...

– Vous le connaissiez?

– Euh...

– Eh bien?

– Oui et non. Je voulais... le détrousser.

– Comme ça, au petit bonheur la chance?

– Oui... Je guettais un passant attardé... Le premier qui s'est présenté...

– Y a eu droit? C'est bien ça?

– Oui. Je me préparais à lui prendre son portefeuille... quand monsieur l'agent est arrivé.

– Ce revolver vous appartient?

– Plus maintenant.

– Comment ça « plus maintenant »?

– J'imagine qu'il est à vous, à présent. On ne me le rendra pas.

– Si! A votre sortie de prison, ricana l'officier de police, approuvé par le gros rire de l'agent Dumou.

– Je risque gros? demanda hypocritement Brème.

– Rassurez-vous. *Vous ne resterez pas longtemps en prison.*

– C'est la première bêtise de ma vie que je fais, assura Brème.

– Où vous êtes-vous procuré cette arme?

– Je suis représentant de commerce. Les routes sont peu sûres. De nos jours, il faut prendre garde aux malfaiteurs...

– Quel culot!

– J'ai obtenu un port d'arme, il y a une dizaine d'années. Une nuit, à la sortie de Brive, un inconnu a tenté de me tuer pour me voler.

– Vous serez présenté demain matin au juge d'instruction. Vous avez un avocat?

– Ma foi, je...

– Dumou, mettez-le au trou.

Brème, conduit par l'agent, entra dans la

cage où se trouvaient déjà deux prostituées.
C'est ainsi qu'il sortit du club.

Au fauteuil de l'Assassin, Hitler...
Au 2, Ravachol...
Au 3, le docteur Petiot...
Lacenaire assassiné, Landru condamné à la réclusion criminelle à perpétuité (Me Lacharrue – décidément, ce maître du barreau était destiné à défendre la cause des clubmen – ayant réussi à sauver son client de la peine capitale), Scarface – un ancien général de division blindée dont le visage martial s'ornait d'une magnifique balafre – fut admis au fauteuil 4.
C'est à cette époque que Ravachol, le clochard, sentant son tour venir, décida de faire entrer son copain Totor au club. Histoire, sans doute, de ne pas être seul contre la meute...

Le vent soufflait, glacial, comme une main énorme qui eût giflé les murs. Emmitouflés dans leurs hardes pouilleuses, sept clochards se chauffaient les doigts au feu d'une vieille lessiveuse transformée en brasero, sous un pont, le long du fleuve qui léchait la lisière nord de la ville.
Totor était là, drapé dans sa vieille capote d'officier de la biffe mangée aux mites, son chapeau melon sur la tête, le nez rouge, la barbe hirsute, les yeux brillants.
Ravachol lui tapa sur l'épaule :

– Viens un peu par là, Totor...

– Tu vois pas que j'me chauffe les paluches?

– J'ai un truc confidentiel à te dire.

Les autres clochards les regardèrent soupçonneusement.

– C'est pas un confessionnal, ici! émit l'un d'eux.

– Toi, si t'es pas content, fit Ravachol, t'as qu'a te barrer sous un autre pont. Qui c'est-y, le premier, qui a dormi ici? Hein?

– Monsieur se croit dans sa propriété?

Ravachol entraîna Totor dans une encoignure, tandis que leurs compagnons de misère, répugnant à aller à l'Armée du Salut qui leur tendait pourtant les bras, se glissèrent sur la longue couche commune faite de sacs de charbon vides et de vieux matelas courus de puces.

– Tu sais, le club..., fit Ravachol. Je t'en ai déjà parlé...

– Ouais.

– Eh bien, y a une place... Enfin, y en aura bientôt une...

– Ça me dit...

– Samedi ou un autre jour, je sais pas...

– Non, j'ai dit : ça me dit. Ça me botte, quoi!

– Ah bon. Parle français, mon pote.

– Alors?

– Eh bien, y'a un peintre en bâtiment qui va bientôt tuer quelqu'un... C'est son tour. Faudra le remplacer. Tu devrais sauter sur l'occasion.

– Présente-moi.

– Tu fais les poubelles de quel côté, en ce moment?

– Le quartier rupin. La rue Anatole-France, la rue Thiers, tout ça...

– Pas d'accrochage, ces temps derniers?

Totor se malaxa le menton :

– Euh...

– Tu vois rien?

– Attends un peu... Si!

– Raconte.

– C'est au 22 bis. Le larbin d'un hôtel particulier m'a engueulé.

– Pourquoi?

– J'avais trouvé une cafetière toute neuve dans la poubelle. Je me préparais à la foutre dans mon sac quand il s'est amené. Il a essayé de me repiquer la cafetière. Paraît qu'il l'avait laissée tomber par mégarde dans la boîte à ordures. Le truc n'était pas à jeter. Il avait pas tort, la cafetière était encore toute neuve, et même astiquée. Mais moi, je marchais pas. Je n'ai rien voulu savoir. Il a essayé de me le faucher de force, je me suis défendu. Il a fini par me foutre son poing sur la gueule, mais j'ai quand même emporté la cafetière. Il m'a menacé.

– C'est arrivé quand?

– Y'a juste une semaine. Depuis, je n'ai pas refoutu les pieds rue Anatole-France. Le larbin doit me guetter. Si tu voyais sa sale gueule! Il fait peur. Et j'ai vraiment les foies qu'il me tombe sur le poil! Il cogne dur, tu sais!

– Eh bien, grâce à cette cafetière, Totor, tu vas peut-être pouvoir entrer au club.

Conseillé par son copain Ravachol, Totor, le lendemain matin, se rendit, un peu apeuré, rue Anatole-France.

Il alla immédiatement devant le 22 bis. Les persiennes de l'hôtel particulier étaient fermées. Tout le monde devait être encore en train de dormir. C'étaient des riches qui devaient se lever vers midi. Mais le larbin, lui, était sûrement debout. Guettait-il encore le retour du chiffonnier, une semaine après l'altercation?

Totor, qui désirait entrer dans le mystérieux club où se trouvait déjà son pote Eustache, prit son courage à deux mains. Il se pencha sur la poubelle du 22 bis, en souleva le couvercle et se mit à la fouiller fébrilement à l'aide de son crochet. De temps à autre, il interrompait son travail pour prendre dans une poche de sa vieille capote un litre de vin blanc sec dont il portait le goulot à ses lèvres pour se donner du courage.

Au bout de dix minutes, il entendit la porte du « Service » s'ouvrir dans son dos. Il ne se retourna pas. Mais il sentit la présence muette et désapprobatrice du féroce domestique.

Bientôt, une main lui agrippa l'épaule. Il ne bougea toujours pas. Deux secondes s'écoulèrent puis une chaussure rencontra durement son postérieur et il dut faire un petit bond en avant, ce qui l'obligea à s'effondrer sur la poubelle, le visage dans les épluchures de légumes et les os de volaille. Alors il se redressa et se retourna. Le larbin le regardait d'un air menaçant.

– Ma cafetière! hurla le domestique au mépris des gens de la rue cossue qui devaient encore dormir.

– Je l'ai vendue, mon pote!

– Vermine!

– Salarié!

– Asocial!

– Laisse-moi faire mon boulot, retourne dans ta cuisine!

Le domestique leva un poing énorme et l'abattit sur la face du chiffonnier. Totor demeura quelques secondes abruti sous le coup, puis, dressant à son tour le poing, en menaça son antagoniste :

– J'aurai ta peau! Parole de Totor!

– Des menaces de mort? Tiens... Tiens...

– Parfaitement, mon pote. Des menaces de mort. Fais gaffe! Tu ne seras pas le premier que Totor estourbira!

Le valet de chambre resta songeur, puis retourna dans la maison endormie.

Le pouilleux s'éloigna.

Le lendemain, le surlendemain, Totor retourna devant l'hôtel particulier. Chaque jour, il rencontra le domestique qui l'attendait, sur le pas de la porte, et chaque jour, il réitéra ses menaces de mort, chaque fois un peu plus précises, un peu plus sérieuses... A tel point que, inquiet, le domestique – il s'appelait Arsène Malveilleur – s'en remit à son patron, le financier Krachenboldt.

Le financier conseilla à son domestique de déposer une plainte.

– On ne sait jamais, avec ces *gens-là*...

Il pria néanmoins son employé de vouloir bien rembourser la cafetière perdue.

Malveilleur se préparait à prendre rendez-vous avec le commissaire de police quand son patron lui dit de s'adresser de préférence à une agence de police privée.

– Vous comprenez, Arsène, je ne tiens pas à ce que la police officielle vienne fourrer son nez chez moi, expliqua le banquier. Derrière eux, il y a la meute des journalistes, toujours à l'affût de quelque scandale... Un drame chez des ouvriers n'attire presque personne, mais dès que ça se passe chez nous autres les gens convenables, on remue ciel et terre pour dénicher je ne sais quelles horreurs... Je n'ai pas besoin de cela en ce moment. Il existe une agence très discrète, dans notre ville, derrière la cathédrale... Voici leur carte. Ils surveilleront votre chiffonnier, et si celui-ci s'avisait de lever la main sur vous, ils interviendraient au moment opportun.

Malveilleur regarda la carte.

Une heure plus tard, il se trouvait dans le cabinet de Saint-Laurent-du-Maroni. Il lui expliqua son affaire, lui rendit compte des menaces de mort dont il avait été l'objet de la part du clodo.

– Nous allons surveiller votre bonhomme, cher monsieur. Faites-nous confiance.

Hélas, *comme tous ses prédécesseurs,* Malveilleur fit confiance au pourvoyeur du club.

Saint-Laurent, comme promis à son client, surveilla de très près Totor, mais dans l'intention bien déterminée de ne point l'empêcher d'agir. Le détective surveilla un homme animé d'intentions homicides, *mais il lui laissa carte blanche.*

Si bien que Totor assassina Malveilleur, à la pointe du jour, alors que la rue Anatole-France, envahie par le brouillard, était absolument déserte. Il le tua à coups de bouteille.

Son forfait accompli, Totor prit ses jambes à son cou et détala en direction de son pont favori.

Le cadavre du domestique était allongé devant la petite porte du « Service » de l'hôtel Krachenboldt. La bouteille cassée, l'arme du crime, gisait à ses côtés.

Saint-Laurent-du-Maroni, qui « surveillait » le clochard, se lança en petite voiture d'infirme à sa poursuite. Il le rattrapa un peu avant la berge du fleuve.

– Vous venez de tuer quelqu'un, n'est-ce pas? demanda le vieux détective en fixant le pouilleux dans les yeux.

– Quoi?

– J'ai tout vu. Vous avez tué le domestique de l'hôtel Krachenboldt. A coups de bouteille sur le crâne. Non seulement vos empreintes digitales se trouvent sur le goulot de la bouteille, mais votre victime était mon client – je suis détective privé. Je suis donc prêt à témoigner... contre vous. La police peut savoir d'un instant à l'autre que la victime en question était menacée par vous depuis un certain temps. Si je parle, vous deviendrez le suspect nº 1... Votre compte sera bon.

– Je... J'veux pas être coffré! gémit Totor, paniqué.

– Tous les mêmes, ricana Saint-Laurent.

De fait, jamais les assassins, quand le détective, sitôt leur crime commis, leur « parlait », ne voulaient être arrêtés.

– Je vous tiens, fit l'homme de l'agence *Zadigus,* d'un ton implacable. La police me croira sur parole... De plus, la plainte formulée par mon client à votre encontre à été portée sur papier, écrite... et signée. Malveilleur a signé cette plainte. Elle est donc authentifiée. Il m'arrive de collaborer avec la police officielle dans le cadre de certaines affaires...

– Vous êtes une sale mouche!

– Allons, pas de grands mots...

– J'veux pas être arrêté! répéta Totor.

– *Je peux faire de vous un innocent,* mon cher.

– Vrai?

– Vrai... Je peux vous accorder un très long sursis. Vous paierez un peu plus tard, voilà tout.

Un peu plus tard...

– Car il faut bien payer tout de même, n'est-ce pas. La moralité l'exige... Vous paierez votre dette envers la société...

– Pas tout de suite! supplia le loqueteux.

– Non, pas tout de suite... Mettons dans vingt-cinq ou trente ans...

Dans vingt-cinq ou trente ans...

Quand il prendrait place dans le fauteuil de l'Assassin, pardi!

Saint-Laurent-de-Maroni, l'effroyable maître horloger du club et le chiffonnier assassin longèrent la berge du fleuve couvert de brume en poursuivant leur petit conciliabule.

– Je vous fais entrer dans mon club... et le tour est joué. Un autre paiera à votre place... Il endossera votre crime...

Hitler, pardi! Hitler qui se trouvait actuellement sur le siège de l'Assassin.

– Cet autre s'accusera à votre place... *Je lui ai déjà parlé de vous, d'ailleurs.*

A la séance du club de la veille au soir, très probablement...

– Cet individu est prêt à se sacrifier pour vous. Il est prêt, à l'heure qu'il est, à aller effacer vos empreintes digitales sur le goulot de la bouteille... et à y appliquer les siennes à la place. Il fera tout pour être arrêté à votre place... Il s'inventera un mobile... N'importe quoi! Les mobiles, ça se trouve. Au besoin, il fauchera le portefeuille du larbin. Et il sera jugé à votre place! Mais, dans le fond, ce ne sera que justice, car, jadis, cet homme a déjà commis un crime. Le club l'a alors pris en charge et un autre, à l'époque, endossa son forfait.

De fait, en 1940, Gilles de Rais s'était bel et bien accusé du crime commis sur la personne de l'encaisseur Fabrette, *alors que ce forfait avait été accompli par le peintre en bâtiment Caporelli, Hitler pour les clubmen.*

Mais Gilles de Rais, une vingtaine d'années plus tôt...

De même que ce n'était pas Troppman, le

petit employé d'assurance, qui avait tué le marchand d'articles de toilette Lecoing, *mais le clochard Ravachol...*

Et ainsi de suite...

Le club ne soustrayait pas les assassins à la justice, *il leur accordait un long sursis.* Une sorte de préventive, mais considérablement longue, presque une vie. Les gens du club ne tuaient qu'une fois, n'étaient jugés qu'une fois, ne payaient qu'une fois, mais entre le moment de leur crime et celui de leur châtiment, le club leur assurait une immense période d'impunité, d'honnêteté, à tel point que les clubmen en venaient *à oublier leur crime.* Et c'étaient presque des innocents qui étaient traînés, des années et des années plus tard, devant les assises.

Le club les tenait.

Avec la confession de leur crime, détaillée et signée. Avec la « cérémonie » de la lettre, répétée chaque mois. Un clubman s'avisait-il de bafouer les statuts du club qu'on le « suicidait » sur-le-champ et que la lettre par laquelle il annonçait son « suicide » était immédiatement envoyée au commissaire de police.

Dans le fond, les clubmen étaient raisonnables... Sauvés *in extremis* une fois leur crime commis, ils acceptaient de payer leur dette après vingt ou trente ans de vie tranquille et souvent heureuse.

Etrange auxiliaire de la justice, ce club, qui lui livrait son gibier pieds et poings liés après l'avoir fait mariner dans un bain de pureté pendant des années...

Un monstrueux et savant décalage.

En somme les clubmen purgeaient leur peine au club. Au lieu de subir leur châtiment mérité, logique, en prison, au lieu d'attendre une mort vite venue dans quelque cellule de condamné à la peine capitale, les clubmen attendaient le moment de payer dans le douillet salon Aumoynel. Ce qui était bien pis. Au lieu d'attendre une mort brutale et expéditive dans une geôle éclairée jour et nuit, et surveillée sans interruption par les gardiens, ils attendaient au club une tout autre fin, bien plus lointaine, mais combien plus terrible; car pour un criminel, être guillotiné, c'est dur; mais pour un innocent – parce que, trente ans après avoir commis leur crime, les clubmen étaient devenus de *parfaits innocents* –, pour un individu parfaitement honnête (Bitchviller, Chauveau, Brème, etc.), être contraint de commettre un assassinat – tout au moins en endosser la paternité – cela représentait incontestablement une épreuve diabolique. Et les suées précédant l'exécution capitale ne sont certainement rien auprès de celles qui accompagnent la perpétration d'un crime *dont on n'a pas voulu.*

Au club, justice finissait toujours par être faite. Mais les assassins avaient alors *changé de peau.* Forts de trente années d'honnêteté scrupuleuse, ayant suivi un infaillible droit chemin, ils étaient conduits à l'échafaud ou jetés au fond d'un trou à rat. En somme ils payaient deux fois.

– Qui a eu l'idée de ce club? demanda Totor, séduit par la perspective de devenir clubman.

– Le marquis Joachim d'Eaubrune-Lespeyssac. Un riche original qui habitait la ville... En 1900. Neuf crimes horribles furent commis dans la région, en un très court laps de temps. Le marquis s'ingénia – c'était un oisif, il avait tout son temps – à en rechercher les coupables. Quel moyen employa-t-il? C'est un détail. la police privée l'aida. L'agence *Zadigus* joua, dans cette histoire, un rôle important. Finalement le marquis trouva ses assassins. Ils étaient sept. La police officielle s'imaginait que ces forfaits avaient été commis par un seul et même individu qu'elle surnomma le Vampire. Il n'en était rien. Le marquis fut plus rapide, plus habile que la police de l'époque. Ses assassins, il les tenait. Et preuves en main, par-dessus le marché! Il leur proposa une ahurissante combine... Il endosserait leurs crimes – il n'oublierait pas les preuves, les indices, tout ce qui pourrait jouer contre lui – et s'accuserait à leur place. Ils acceptèrent. Ainsi naquit le club. Les premiers clubmen firent le serment d'endosser à leur tour, plus tard, le crime d'un autre. Le club démarrait. Les sept tueurs occupèrent les sept fauteuils commandés quelques semaines plus tôt au maître-ébéniste Galtier de La Bruyère et au maître tapissier Rémy Gouget. Pourquoi le marquis a-t-il fait cela? C'est un peu son secret. Dans le fond, c'était un philanthrope... Mais son amour de la justice demeura intact. Justice fut *toujours* faite. Et puis – ceci explique peut-être cela – le marquis n'avait plus que quelques mois à vivre... Il le savait. Il soupçonnait très fort sa maîtresse, la belle Mathilde de La Pointe, de l'empoisonner à petit feu avec de l'arsenic... Bon garçon, il laissa faire. Quand il en eut la certitude, il était trop tard. Il se laissa aller... Il imagina cette sortie en beauté. Parfaitement innocent, il monta sur l'échafaud. Le club commençait.

Un peu plus tard, chez des amis, Me Lacharrue racontait l'anecdote suivante :

– Figurez-vous que, lorsque je fus chargé de la défense de Jérôme Hanzard, l'assassin du capitaine Le Goëlec, mon client m'en raconta une bien bonne... Il prétendait être innocent du crime dont on l'accusait, mais, par contre, il revendiquait la paternité de l'assassinat d'une jeune étudiante en pharmacie et de la mère de celle-ci, forfaits commis en 1919... Crimes dont l'auteur fut un certain... Bref, j'ai oublié son nom. Une histoire de fou, mes amis! On nous en raconte, à nous, pauvres avocats, c'est inimaginable! Je me suis tout de même longtemps demandé si... ce... oui, ce club, avait réellement existé ou si... Non. Tout compte fait, mon pharmacien avait beaucoup d'imagination!

Mémorial du club en date du Ier avril 1961 :

Exécution capitale de l'ex-général de division blindée Albert Leblond dit Scarface, occupant le fauteuil de l'Assassin depuis le Ier février 1960, condamné à mort pour l'assassinat du pédicure chinois Li Hung-tchung.

En conséquence, et en vertu des statuts du club :

VACHER LE TUEUR-DE-BERGERES (1),	*du fauteuil 2 passe au fauteuil*	*de l'ASSASSIN*
FANTOMAS,	*du fauteuil 3 passe au fauteuil*	*2*
PIERROT LE FOU,	*du fauteuil 4 passe au fauteuil*	*3*

Monsieur Bill, nouveau membre, prend le fauteuil de Pierrot le Fou et devient numéro 4 de notre club.

Profession du nouveau membre : danseur mondain.

Accueil du nouveau membre.

Speech du récipiendaire.

Eloge de Scarface.

Réponse de bienvenue prononcée par Pierrot le fou.

Mémorial du club en date du Ier février 1980 :

Exécution capitale de Léonard Auffoilain, ancien danseur mondain devenu patron du cabaret « Le Grand 69 », bien connu en notre bonne ville, surnommé Monsieur Bill, occupant le fauteuil de l'Assassin depuis le 5 juillet 1971, condamné à mort pour l'assassinat, après tortures, de la cover-girl Ginette Machoux.

En conséquence, et en vertu des statuts du club :

(1) Le chiffonnier, clochard et vagabond Totor.

LE DOCTEUR MABUSE,	*du*	*fauteuil 2*	*passe*	*au*	*fauteuil*	*de l'ASSASSIN*
STALINE,	*du*	*fauteuil 3*	*passe*	*au*	*fauteuil*	*2*
WEIDMANN,	*du*	*fauteuil 4*	*passe*	*au*	*fauteuil*	*3*

Les chauffeurs d'Orgères, frères jumeaux, nouveaux membres, prennent le fauteuil de Weidmann et deviennent numéro 4 de notre club.

Profession des deux nouveaux membres : Conducteurs d'autobus.

Accueil des nouveaux membres.

Speech (prononcé en un chœur remarquable) des récipiendaires.

Eloge de Monsieur Bill.

Réponse de bienvenue prononcée par Weidmann.

A signaler : Admission avec particularité. Pour la première fois dans l'histoire du club, un fauteuil sera occupé par deux membres. En conséquence : un membre devra assister à la séance dans la position debout, placé immédiatement derrière le fauteuil occupé par son jumeau.

Agatha
Christie
comme on ne l'a
jamais lue
AGATHA
CHRISTIE
1
Nouvelle traduction
Édition définitive
6 romans par volume
Commentaires et documents
inédits
Format
12,5 x 19 cm
broché
125 FF ttc
Les Intégrales du Masque

IMPRIMÉ EN FRANCE PAR BRODARD ET TAUPIN
La Flèche (Sarthe).
Imp. : 15349 – Edit. : 27926 - 11/2002
ISBN : 2 - 7024 - 3115 - 1

Oct. 20

88-9 148

150 homme indépu → criminel

Pétain 19

bon Fr. 22

fantôme de l'Ass 25
cf "place du mort"